VIAJE A LA FELICIDAD

LUCY ELLIS

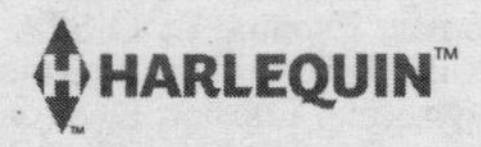

Editado por Harlequin Ibérica.
Una división de HarperCollins Ibérica, S.A.
Núñez de Balboa, 56
28001 Madrid

Viaje a la felicidad, n.º 2630 - 27.6.18
Título original: Kept at the Argentine's Command
Publicada originalmente por Mills & Boon®, Ltd., Londres.

I.S.B.N.: 978-84-9188-082-0
Depósito legal: M-10887-2018
Impresión en CPI (Barcelona)
Fecha impresion para Argentina: 24.12.18
Distribuidor exclusivo para España: LOGISTA
Distribuidor para México: Distibuidora Intermex, S.A. de C.V.
Distribuidores para Argentina: Interior, DGP, S.A. Alvarado 2118.
Cap. Fed./Buenos Aires y Gran Buenos Aires, VACCARO HNOS.

Capítulo 1

ALEJANDRO se fijó en ella porque era con diferencia la mujer más atractiva del avión.

Se trataba de una joven de constitución media, con unas piernas largas que cruzaba por las rodillas, y que inclinaba la cabeza sobre su lectura, lo que hacía que sus rizos negro azabache cayeran como una cortina sobre su rostro. Vestía un modelo femenino *vintage* con el que claramente quería proyectar un estilo muy personal.

Cuando él avanzó por el pasillo hacia su sitio, ella alzó la mirada de su libro electrónico y Alejandro descubrió que su cabello enmarcaba unos rasgos delicados; tenía una nariz respingona, grandes ojos marrones y una boca como un capullo de rosa. Sus ojos se abrieron desorbitadamente al verlo, aunque su mirada no fuera en absoluto invitadora. De hecho, la apartó al instante con timidez.

La timidez no era un problema para Alejandro. De hecho, le agradaba.

La mujer le lanzó entonces otra mirada y sus preciosos labios esbozaron una sonrisa. Él se la devolvió apenas curvando los suyos. Ella reaccionó ruborizándose y volviendo la mirada a la pantalla.

Alejandro se sintió intrigado.

En cuanto se sentó, la mujer pidió algo a la azafata, y Alejandro observó atónito cómo, durante los siguientes veinte minutos, doña Ojos Marrones mantenía a la tripulación ocupada con una sucesión de peticiones triviales:

vasos de agua, una almohada, una manta... Cuando la oyó susurrar en tono furioso a una azafata, la mujer perdió todos los puntos que había ganado por ser bonita.

–No, no puedo moverme –su tono ofendido y agudo, a pesar del sexy acento francés, consiguió que Alejandro dejara a un lado su tableta.

Cuando la alterada azafata pasó a su lado, le preguntó qué pasaba.

–Un caballero mayor necesita tener fácil acceso al servicio –explicó ella–. Confiábamos en poder cambiarlo a un asiento más próximo.

Alejandro tomó su chaqueta y se levantó.

–Yo le cedo el mío –dijo, sonriendo a la azafata, que se ruborizó agradecida.

Una vez se sentó en la parte trasera del avión, Alejandro abrió de nuevo la tableta y se concentró en la pantalla.

La lectura del periódico no lo animó precisamente respecto al destino de su viaje.

Cuando uno de los más ricos magnates de Rusia se casaba con una pelirroja vedette en un castillo escocés, la noticia se publicaba en todas partes, y por lo que el novio había contado a Alejandro, la prensa ya se había instalado en los pueblos más próximos con teleobjetivos para fotografiar a los invitados famosos.

Puesto que él era uno de ellos, se había propuesto pasar lo más desapercibido posible. Por eso había decidido tomar un vuelo comercial y conducir cuatro horas desde Edimburgo hasta la costa con un día de antelación. Tenía entendido que se trataba de un viaje por un precioso paisaje y confiaba en llegar a Dunlosie de incógnito.

Dejó la tableta a un lado y se giró hacia el pasillo.

En ese momento oyó un carraspeo.

Se trataba de Ojos Marrones.

Había recorrido el pasillo; con cada paseo, su paso

se había hecho más inseguro, y Alejandro sospechaba que estaba un poco ebria.

También había observado que se elevaba sobre unos zapatos de tacón color turquesa con unos ridículos lazos que le rozaban los finos tobillos.

La mujer lo miraba fijamente con sus preciosos ojos marrones y sus cuidados rizos, irritantemente bonita.

–*Pardon, m'sieur.*

Por cómo sonó, Alejandro decidió que, efectivamente, había bebido.

–Debería tener cuidado con el alcohol, señorita. Todo el pasaje se lo agradecería.

Ella parpadeó.

–¿*Pardonnez-moi*?

–Me ha oído perfectamente.

La mujer se quedó un instante boquiabierta. Entonces, golpeó el suelo con un pie.

Alejandro tuvo que hacer un esfuerzo para no reírse.

–¿Por qué no se quita de en medio en lugar de molestar a la gente? –preguntó ella en un perfecto inglés.

Alejandro la miró con descaro de arriba abajo y pensó que tenía unas perfectas proporciones.

–¡Chica, eres un buen elemento! –dijo con sorna.

–¿Perdón?

–La tripulación no está a tu exclusivo servicio. ¿Por qué no te estás quietecita?

La mujer desvió la mirada.

–No sé de qué me estás hablando –masculló ella–. Muévete.

–Muéveme tú –dijo Alejandro.

Ella lo miró boquiabierta y él mismo se sorprendió porque, por regla general, no se enfrentaba a las mujeres. Y menos a niñas mimadas que necesitaban madurar.

Por un instante pensó que aquellos inmensos ojos marrones iban a llenarse de lágrimas, así que se movió.

Apenas. Ella resopló y, sin mirarlo, volvió a su asiento, sin molestarse en dar las gracias. Era puro egoísmo sobre dos piernas.

Nada más llegar a su sitio, la mujer emitió un grito sofocado.

–*Non,* no toque nada.

Al grito de protesta le siguió una parrafada en francés dirigida a la azafata que estaba intentando poner un poco de orden en el caos que la mujer había creado a su alrededor.

Varias cabezas se asomaron al pasillo.

Alejandro miró su teléfono. Ya se había cansado de aquella mujer.

Tenía un mensaje del novio:

Cambio de planes. Tienes que recoger a una dama de honor. Se llama Lulu Lachaille. Viene en el vuelo 338, puerta cuatro. Es una carga valiosa. Si la pierdes, Gigi me cortará las pelotas y cancelará la boda.

Alejandro estuvo a punto de responder «no», al tiempo que mentalmente se despedía de su apacible viaje en solitario. Las bodas eran su peor pesadilla. Pasar cuatro horas con una charlatana dama de honor, la siguiente.

Asomó la cabeza hacia el pasillo y vio que una azafata llevaba a la señorita francesa un vaso de agua y lo que parecía una pastilla.

¿Tendría dolor de cabeza? Probablemente, resaca.

Abrió el adjunto que Khaled le había mandado, aunque estaba seguro de lo que iba a encontrar.

No supo si reír o gritar.

Un ángel espectacular, de ojos oscuros, lo miraba con gesto serio desde la pantalla.

Alejandro miró con resignación hacia el fondo del pasillo. Solo había un problema: era ella.

Capítulo 2

Muéveme tú?

Lulu salió del avión furiosa y decidida a poner una reclamación a la compañía aérea.

Las mujeres no tenían por qué ser incomodadas por brutos con aire de superioridad.

Suponía que el hombre la censuraba por no haber cedido su asiento. Y por cómo la habían mirado varios pasajeros, el sentimiento era generalizado, pero ¿qué podía hacer?

La tripulación había sido advertida de su problema y habían atendido amablemente todas sus peticiones. Excepto una azafata, que evidentemente no había recibido la notificación sobre su pánico a volar, y que le había pedido que se cambiara de asiento.

La mera idea de tener que cambiar sus cosas de sitio cuando ya se había creado un espacio de seguridad a su alrededor, le había hecho sentir el mismo pánico que si le hubieran pedido que saltara del avión.

Para mientras esperaba a que saliera su equipaje, Lulu se sintió más deprimida que enfadada.

¿Qué clase de persona se negaba a ceder su asiento a un hombre mayor enfermo?

¿Habría sido mejor seguir el consejo de su madre y viajar acompañada? Pero ¿cómo iba a tener una vida normal si siempre necesitaba compañía? Era una mujer adulta, no una inválida. Se cuadró de hombros. Podía conseguirlo. Tenía que esforzarse más.

De hecho, no había dejado de hacerlo desde que había intentado romper la relación de su mejor amiga, seis meses atrás.

Había encontrado un terapeuta distinto al que le habían buscado sus padres y que la había diagnosticado correctamente. Gracias a él había descubierto que su comportamiento con Gigi había estado motivado por la ansiedad que le causaba la separación, y que era un síntoma de su enfermedad.

Por eso había decidido transformar su vida radicalmente.

Se había apuntado a un curso de diseño de vestuario y aspiraba a algo más que al mundo del cabaret.

Ese simple acto le había dado la suficiente confianza en sí misma como para decidirse a hacer aquel vuelo sola.

Pero cuando se había preparado mentalmente para ello, no había contado con la presencia de un macho desconocido arrinconándola en el pasillo cuando volvía de haber vomitado en el servicio.

La había llamado «un elemento», como si fuera defectuosa, una idea que se había esforzado por superar con su terapeuta.

Lulu notó que la mano le temblaba cuando señaló su conjunto de maletas al amable asistente del aeropuerto que se había ofrecido a ayudarla.

Mientras avanzaba hacia la salida con las maletas de ruedas, se dio cuenta de que estaba ansiosa por encontrarse con las otras dos damas de honor: Susie y Trixie. Ellas la protegerían del resto del mundo. Por aquel día, no se sentía capaz de enfrentarse a más retos.

Pero diez minutos más tarde, seguía escrutando los rostros de la gente, y preguntándose si iba a llegar a tiempo al castillo para la boda.

Había sacado el teléfono del bolso cuando una nueva

oleada de viajeros la empujó y chocó de espaldas contra un cuerpo cálido y fuerte. Extremadamente fuerte y masculino, dado el tamaño y el peso de las manos que se posaron en sus hombros para estabilizarla.

Dijo algo y Lulu se quedó helada. Conocía aquella voz. *Dieu*, era el chulo del avión.

«¡Huye, huye!»

Pero las piernas no le respondieron. Por más que se recordó que los hombres hostiles ya no la asustaban, que la ley la protegía, siguió sintiéndose extremadamente vulnerable. Y no soportaba tener ese sentimiento cuando se esforzaba tanto por ser fuerte.

Lo que no explicó que clavara la mirada en los sensuales labios del hombre o que se fijara en lo extremadamente varonil que era la sombra que le cubría el mentón.

Lulu se recordó que no le gustaban los hombres de ese tipo. No le gustaba cómo se comportaban o que consiguieran lo que querían por medio de la intimidación. Le ponían nerviosa. Aunque aquel más que nerviosa le hacía sentir algo raro. Y era ese «algo» lo que quería apartar de su mente.

Porque era alto, con hombros anchos y un rostro fascinante de pómulos marcados, unos labios seductores y unos magnéticos ojos color ámbar que contrastaban con su piel cetrina.

Su alborotado cabello cobrizo era tan denso y sedoso que Lulu tuvo que apretar los puños para no alargar la mano y tocarlo.

No le caía bien, y él la miraba como si el sentimiento fuera mutuo.

–Hola –dijo él en un tono que sonó como si le hiciera una proposición indecente–. Creo que me estás buscando.

Lulu se obligó a ignorar la respuesta automática que

sintió en la parte baja del vientre al oír su voz grave y su sexy acento español.

–En absoluto.

Alejandro tuvo la tentación de encogerse de hombros y dejar que la princesita descubriera por sí sola que no estaba intentando ligar con ella, pero se recordó que su amigo le había pedido un favor.

Al ver que ella seguía mirándolo como si fuera a atacarla, le tendió la mano.

–Alejandro du Crozier.

Ella la miró como si fuera una pistola.

–Déjame en paz –dijo. Y le dio la espalda.

–Estás equivocada, Lulu –dijo entonces él.

Que la llamara por su nombre consiguió el efecto deseado. Ella se volvió tentativamente, como una criatura tímida que asomara la cabeza desde su madriguera.

–¿Por qué sabes cómo me llamo?

Alejandro se cruzó de brazos.

–Soy tu conductor –dijo impasible.

Lulu lo miró horrorizada. Jamás buscaba dobles sentidos, de hecho, siempre era la última en entender los chistes verdes en el camerino del L'Oiseau Bleu, el cabaret en París en cuyo cuerpo de baile trabajaba, pero en aquel instante, aquel hombre consiguió que la palabra «conductor» adquiriera una connotación sexual.

Dio un paso atrás y tropezó con su maleta. Alejandro tuvo que sujetarla para evitar que se cayera.

–Cuidado, preciosa –dijo, acariciando con su aliento la sien de ella.

Las piernas de Lulu se volvieron gelatina. Intentó soltarse.

–¿Quieres dejarme pasar?

–Escucha, soy Alejandro du Crozier y voy a llevarte a la boda.

–¡Pero si Susie y Trixie iban a recogerme!

Nada más decirlo se dio cuenta de que debía de haberse producido un cambio de planes.

–No sé nada de esas dos mujeres. Solo sé que tengo que ocuparme de ti –por su expresión, estaba claro que no estaba particularmente contento.

Tampoco lo estaba ella, se dijo Lulu.

–No acostumbro a irme con desconocidos...

Alejandro sacó el teléfono y le enseñó el mensaje.

–¿Te ha mandado Khaled por mí? –preguntó ella perpleja.

Alejandro respondió a la pregunta con la mirada de impaciencia que merecía.

–A no ser que quieras ir andando, te recomiendo que vengas conmigo –dijo él, clavando sus ojos ámbar en ella.

Sin esperar respuesta, echó a andar. Estaba claro que asumía que lo seguiría.

Lulu se quedó mirándolo. Era el hombre más grosero que había conocido. No pensaba pasar con él varias horas encerrada en un coche. Tomaría un taxi. Prefería confiar su persona a un hombre al que pagaría por hacer su trabajo, que viajar con un hombre que creía estar haciéndole un gran favor.

El dinero era el mejor aliado de una mujer. Ella lo sabía bien. No tenerlo había impedido a su madre huir de un marido violento.

Lulu alzó la barbilla. Gracias a su cuenta bancaria podría pagar su viaje al castillo de Dunlosie.

Pero cuando salió del aeropuerto, llovía, y al mirar hacia la parada de taxis, descubrió que había una larga cola de espera. Aun así, haciendo equilibrios con las maletas, la bolsa de mano y el paraguas, fue en esa dirección, resignándose a que las ruedas le salpicaran sus piernas. El hecho de que estuviera exhausta por haber tenido que enfrentarse a su ansiedad durante las dos horas del vuelo no la ayudaba. Anhelaba sentirse cómoda y caliente en un coche, quitarse los zapatos y contemplar la lluvia a través de la ventanilla.

Quizá se había precipitado al rechazar...

En ese momento vio un Jaguar rojo acercarse a la acera.

Se abrió la ventanilla del copiloto.

–Sube –ordenó Alejandro.

Capítulo 3

LULU tenía que decidir entre esperar a tomar un taxi bajo la lluvia o subirse al coche con un hombre sexy y arrogante.

Por un instante se le pasó por la cabeza llamar a sus padres, pero descartó la idea al instante. Y lo que estaba claro, era que no podía contar con Gigi.

En ese momento, pasó otro viajero a su lado y le salpicó de barro los zapatos. Lulu contuvo el aliento. Iba a tener que tragarse el orgullo.

Tiró de las maletas hacia la parte de atrás del coche y esperó.

El hombre se tomó su tiempo.

Lulu lo miró con rencor al verlo caminar finalmente hacia el maletero con lentitud, todo hombros y seguridad en sí mismo.

Pero ella sabía bien que las apariencias engañaban, y que bajo una fachada sólida podían ocultarse todo tipo de inseguridades e imperfecciones.

Y Lulu tenía la seguridad de que aquel hombre tenía muchas. Entre ellas, la más evidente era que despreciaba a las mujeres.

–¿Vas a abrir el maletero, o no?

Él la miro de arriba abajo, pero Lulu no pensaba disculparse por su tono. Tenía que dejar claro que no pensaba dejarse apabullar.

Esbozando una sonrisa que pareció indicar que adivinaba que ese era su propósito, él abrió el maletero y, sin mediar palabra, empezó a cargar el equipaje como si se tratara de balas de heno.

Cuando Lulu protestó con un gemido, él le dirigió una mirada que le hizo temer que también la metiera a ella en el maletero, así que se mordió la lengua.

Solo cuando tomó la bolsa de mano, Lulu gritó:

–¡Para! ¡Dentro van las copas de cristal que llevo de regalo para Gigi y Khaled!

Él la miró impasible.

Lulu tomó aire y dijo:

–Dámela.

Él obedeció, pero Lulu no había esperado que se le acercara tanto como para oler su loción de afeitado, una fragancia a madera que se mezclaba con su olor natural a hombre y que resultaba deliciosa.

Aturdida, Lulu alzó el rostro y se encontró con su mentón y con sus labios. Fruncía el ceño, tal y como sospechaba que hacía ella misma. Luego él se giró y acomodó la bolsa cuidadosamente entre las dos maletas para evitar que se moviera dentro del maletero.

«Grosero, bruto, maleducado macho».

Alejandro espero a que diera un paso atrás para cerrar el maletero. Lulu esperó junto a la puerta del copiloto, pero él, en lugar de abrirla, fue directamente a la del conductor.

–El «maleducado macho» quiere que te metas en el coche –dijo, abriendo bruscamente la puerta de su lado.

Lulu se dio cuenta de dos cosas: había expresado sus pensamientos en alto... Y Alejandro no le iba a abrir la puerta.

Por un instante se arrepintió de haber sido tan débil y de no haber esperado a un taxi. Pero en ese momento la lluvia arreció, y Lulu se dijo que ya no había remedio.

Cerró el paraguas y abrió la puerta.

–Intenta no mojar la tapicería.

Lulu miró en torno sin saber qué esperaba que hiciera con el paraguas. Él se lo quitó de la mano y lo colocó sobre el abrigo que había en el asiento trasero.

Al volverse, Alejandro descubrió que en lugar de sentarse, cerrar la puerta y ponerse el cinturón, Lulu acababa de abrirla de par en par.

–¡Cierra la maldita puerta! –dijo, perdiendo la paciencia.

Pero en ese momento, Lulu se inclinó hacia adelante y vomitó en la alcantarilla.

Alejandro salió del coche, fue hacia su lado y se inclinó hacia Lulu. Su rostro tenía una palidez que no podía ser fingida. Estaba claro que no se encontraba bien. Alejandro le dio un pañuelo para que se secara los labios y las lágrimas.

Si esperaba que la compadeciera, lo había conseguido. El brillo de sus grandes ojos y sus silenciosas lágrimas la dotaron de una fragilidad que claramente se ocultaba bajo un llamativo aspecto que tal vez no era más que un disfraz tras el que ocultarse.

Alejandro posó la mano en su espalda para ayudarla a acomodarse en el asiento, pero su reacción lo desconcertó. Lulu lanzó los brazos a su cuello y se aferró a él como una enredadera.

Su perfume lo envolvió y aunque por un instante Alejandro pensó que intentaba seducirlo, la velocidad a la que sintió latir su corazón le indicó que estaba verdaderamente aterrorizada. Alejandro tuvo la sensación de estar sujetando a un pájaro herido contra el pecho. Pero... ¿qué podía asustarla de aquella manera?

Alejandro decidió que solo estaba alterada y que quizá padecía los efectos de haber bebido durante el vuelo.

Empezó a masajearle la espalda como hacía con los chiquillos de la hacienda, cuando se caían del caballo y se les cortaba la respiración, e intentó ignorar que se trataba de una mujer madura cuyos senos se apretaban contra su pecho y que olía a violetas.

–No creo que vuelva a vomitar –dijo ella con la voz apagada–. Por favor no le digas a nadie lo que ha pasado.

Alejandro pensó que era una petición peculiar, pero percibió que su preocupación era genuina. Carraspeó.

–Deja que te ponga el cinturón. ¿Estás en condiciones de viajar?

Lulu asintió y dejó que la ayudara. Luego Alejandro sacó una botella de agua de una nevera y se la ofreció. Cuando Lulu tomó un par de sorbos, él preguntó:

–¿Mejor?

–Lo siento –dijo ella, respirando profundamente–. No volverá a pasar.

Alejandro metió la llave en el contacto.

–¿Quieres que paremos por un café? ¿Necesitas comer algo?

Lulu se estremeció.

–No, gracias.

–Puede que te ayude a recuperar la sobriedad.

Lulu lo miró desconcertada.

–Estoy sobria –ante la mirada de escepticismo que le dedicó Alejandro, añadió–: No he bebido.

–Puedes negarlo si quieres, pero eso no explica que te tambalearas en el avión y que acabes de vomitar.

Lulu lo miró espantada.

–Yo no... Eres... Nadie pensaría que...

Lulu intentó dominarse. Continuó con firmeza:

–Está claro que ir contigo no es una buena idea ni para ti ni para mí.

–Escucha –dijo Alejandro, manteniendo el coche al ralentí mientras le quitaba la botella de la mano y la dejaba en el asiento trasero–, es normal que no quieras admitir que has estado bebiendo. No te estoy juzgando.

–Claro que me juzgas –exclamó Lulu–. Nadie más ha pensado que estuviera bebida.

–Probablemente no. Solo pensaban que volaban con una niña malcriada.

–¿Sientes placer al insultarme? –preguntó ella con un temblor en la barbilla.

–Sí, me ayuda a descargar parte de mi enfado.

Ella lo miró en silencio. Bien. Había conseguido callarla. Por poco tiempo...

–Para que lo sepas –Lulu no estaba dispuesta a dejarlo pasar–, he tomado unos analgésicos con el estómago vació y me han sentado mal.

Alejandro pensó que se lo inventaba, pero en eso momento recordó que la azafata le había dado unas pastillas.

–En cualquier caso, has hecho una estupidez –dijo él.

E ignoró la mirada herida que le dedicó Lulu. Se la podía ahorrar. Comparada con la que habían intentado usar decenas de mujeres para manipularlo, resultaba amateur. Además, no tenía la menor intención de comportarse como un caballero andante al servicio de una dama en apuros. Ya lo había hecho en el pasado: los papeles del divorcio lo demostraban.

Arrancó el coche y se incorporó al tráfico.

–Una estupidez casi tan grande como no ceder tu asiento –masculló.

Lulu se sintió acorralada. No tenía manera de contestar a ese comentario.

–No es asunto tuyo –dijo, mirando por la ventanilla.

No podía dar explicaciones que provocarían preguntas que no estaba dispuesta a contestar. Era su vida privada, tal y como su madre le había grabado en la mente desde pequeña.

–Si es cierto que no estabas borracha, no tienes de qué avergonzarte, querida. Siento que no te encuentres bien. Pero te has portado como una niña malcriada y te he tratado como tal.

Lulu sintió que se moría de vergüenza.

–Eres un hombre horrible –musitó–. Espero que no tengamos nada que ver el uno con el otro en todo el fin de semana.

–Cariño, me has quitado las palabras de la boca.

Capítulo 4

TRAS un par de horas, hicieron una parada para repostar. Lulu bajó la ventanilla y vio el titular de un periódico: *Boda de celebridades: oligarca se rodea de un ejército privado de seguridad.*

Era perturbador saber que ahí era precisamente adonde se dirigían.

El otro asunto perturbador caminaba en ese momento hacia el coche. Llevaba unos pantalones y una camisa azul marino, discretos pero evidentemente caros. «Como un hombre en una misión secreta, capaz de trepar muros con la ayuda exclusiva de un cuerpo que es en sí mismo un arma».

Lulu miró en otra dirección.

Oui. Aquel era su nuevo problema, tal y como había tenido que admitir una vez se sintió mejor físicamente. Una cosa era que no tuviera novio; otra, que no tuviera hormonas. Y había tenido que hacer un esfuerzo sobrehumano para dominar su capacidad de fantasear mientras llenaba el depósito del coche.

Lulu le había observado hacerlo por el espejo retrovisor y había pensado que había algo fascinante en ver a un hombre de brazos poderosos y manos fuertes tomar la manguera. O tal vez aquel tipo de imágenes eróticas procedía de sus lecturas, dado que su experiencia personal era extremadamente limitada.

Alejandro dejó caer un sándwich envuelto en plástico en el regazo de Lulu al tiempo que se sentaba al volante y arrancaba.

–Jamón y lechuga –se limitó a decir–. Te permitirá aguantar hasta que lleguemos a Dunlosie.

Lulu se lo tomó como un detalle amable.

–Gracias –dijo, empezando a desenvolverlo. Al sentir la mirada de Alejandro en ella, preguntó–: ¿Quieres medio?

Él, que le había comprado el sándwich con la seguridad de que lo despreciaría, tuvo que reevaluar la imagen que se había hecho de ella.

–No, gracias –dijo con aspereza.

Lulu suspiró interiormente. La amabilidad era solo pasajera. Media hora más tarde, Alejandro puso su teléfono en altavoz para hablar con alguien en español, y Lulu se descubrió embelesada escuchándolo hablar en su lengua.

Luego hizo otra llamada y se oyó a alguien con acento escocés.

–Bienvenido a Edimburgo, señor du Crozier. Enhorabuena por haber capitaneado al equipo de Sudamérica en la victoria de Palermo. A un escocés siempre le alegra ver perder a Inglaterra en el campo de juego.

Lulu dio un respingo. ¿De qué hablaban?

Alejandro rio.

–Fue un placer –dijo. Y en tono risueño, añadió–: Además de un gran partido.

Lulu se sintió como si se abriera el suelo bajo sus pies. ¿De dónde había salido aquel encanto, aquella soltura, la sonrisa?

–Mañana le contactará uno de nuestros agentes y le proporcionará una visión aérea de la propiedad. ¿Estará usted solo, señor du Crozier?

–Quizá vaya acompañado –Alejandro miró a Lulu de reojo–. Las dos sería una buena hora. He aprovechado el viaje a Escocia para ver una propiedad –explicó cuando colgó–. Estoy pensando en invertir en un campo de golf que hay cerca de la costa.

–¿Juegas al golf profesionalmente? –se aventuró a preguntar Lulu. Al ver que él enarcaba las cejas, se apresuró a añadir por temor a parecer estúpida–. Ese hombre ha dicho algo sobre tu equipo.

Alejandro esbozó una sonrisa.

–Juego al polo. Soy el capitán de la selección de Sudamérica –observó a Lulu como si esperara ver su reacción–. Nuestra victoria tuvo una gran repercusión en la prensa.

Lulu supuso que debería resultarle familiar.

–Soy famoso, Lulu –dijo Alejandro finalmente, al notar su confusión.

–Ah, *oui*.

Lulu se esforzó por no aparentar especial sorpresa, ni tan siquiera curiosidad. Alejandro sonreía para sí y a ella le habría gustado decirle que le daba lo mismo que fuera famoso. No pensaba pasar ni un minuto más junto a él una vez llegaran al castillo.

Se inclinó hacia adelante y revolvió en su bolso. Tener el teléfono en la mano le permitió concentrarse en algo distinto al magnetismo del hombre sentado a su lado.

Alejandro encendió el equipo de sonido.

–¿Es imprescindible? –preguntó ella.

Alejandro la miró de soslayo.

–Así se pasa mejor el tiempo.

–Estoy intentando trabajar.

–¿Jugando en el teléfono?

–Estoy trabajando en los planes de boda. ¿Ves? –Lulu le mostró la pantalla, pero Alejandro no desvió la mirada de la carretera.

–¿No les corresponde eso al novio y la novia?

–Soy la principal dama de honor –dijo Lulu con orgullo–. Es mi responsabilidad que todo vaya bien.

Alejandro golpeó el volante con la mano.

–¿Qué pasa? –preguntó Lulu.

–¡No lo puedo creer! –dijo él entre dientes. Y entonces se rio.

–¿Qué te hace tanta gracia?

Al ver que seguía riendo, Lulu lo miró con una expresión de total desconcierto que él encontró absolutamente adorable.

Y Alejandro no quería encontrarla adorable, pero no podía describirla de otra manera. No era de extrañar que se comportara como una niña malcriada. Estaba seguro de que ni un solo hombre podía resistirse a aquellos enormes ojos marrones o a su aire de fragilidad.

Eso podía llegar a ser un problema... si es que él estuviera planteándose tener una aventura con ella. Pero Alejandro huía de las mujeres frágiles porque exigían un esfuerzo que no estaba en condiciones de hacer, tal y como había descubierto hacía años, desde que, tras ser el único heredero de la hacienda de su padre y de todas sus deudas, había tenido que enfrentare a las continuas exigencias económicas de su madre, a una esposa que se sentía atrapada, y al rencor de sus hermanas por haber sido desheredadas

–Dime por qué te ríes de mí –insistió Lulu.

–Voy a matarlo.

–¿A quién? ¿De qué estás hablando?

–Del destino. Del universo. De Khaled Kitaev.

–No entiendo nada.

–Yo soy el padrino de la boda, querida. Y eso nos convierte en pareja organizativa.

–¡Pero si ni siquiera nos caemos bien! –Lulu se llevó rápidamente la mano a la boca como si se avergonzara de lo que acababa de decir.

Y tenía razón. Excepto que Alejandro acaba de descubrir que a él sí le caía bien ella. Podía ser malcriada y egocéntrica, pero estaba acostumbrado a que las mujeres cayeran rendidas a sus pies... Y Lulu Lachaille caería si apretaba los botones adecuados, pero no porque su fama la obnubilara.

Quizá acabaría siendo el entretenimiento que necesitaba aquel fin de semana y que le serviría de distracción de la boda, una ceremonia en la que la gente se juraba una fidelidad y un amor eterno que no llevaban a la práctica.

Aunque tenía que admitir que Khaled y Gigi parecían de esas parejas excepcionales que se amaban genuinamente.

Y la amiga de Gigi, con sus preciosos rizos, sus labios de fresa y su gesto, tan francés, de sentirse aburrida y esperar que él la entretuviera, le gustaba.

–Yo no diría que no me gustas –dijo, lanzando un vistazo a sus rodillas. Ella se estiró la falda mecánicamente.

–Me refiero a que no nos caemos bien como para actuar como padrino y madrina, y cumplir con nuestro deber.

–¿Ahora soy un deber, querida? Eso es un golpe bajo a mi ego.

–Lo dudo mucho.

Alejandro sonrió con sorna y Lulu se acaloró. ¿Estaba coqueteando con ella?

–Hablo en serio –dijo ella–. Vas a tener que ser amable conmigo para que la gente no piense que algo va mal.

Pero algo iba mal. Lulu miró a Alejandro de reojo. ¿Por qué le bailaba una sonrisa tan sexy en los labios? Le hacía sentirse...extraña.

–El padrino tiene ciertas responsabilidades respecto

a la primera dama de honor –insistió ella con determinación, sintiendo que se ahogaba y que hablar de la boda se convertía en una tabla salvavidas.

–Eso tengo entendido –dijo él insinuante.

«No ese tipo de responsabilidades». Ese pensamiento debería de haberla avergonzado, pero Lulu se dio cuenta de que le gustó. Alejandro du Crozier estaba tonteando, y ella, al contrario de lo que solía pasarle habitualmente, no sentía el impulso de salir corriendo. Probablemente, porque sabía que no volvería a verlo después de aquel fin de semana.

No tenía por qué temer que le pidiera una cita. Solo pasarían aquellas horas juntos en el coche y el fin de semana... ¿Por qué no fingir durante unas horas que era normal y que él sentía... interés por ella?

En ese instante, el coche dio un bandazo y el roce de la llanta sobre el asfalto hizo que Lulu se aferrara al asiento.

Alejandro maldijo en español al tiempo que frenaba, y el ambiente de intimidad que se había creado en los minutos anteriores se diluyó cuando el coche se detuvo en el arcén.

Lulu olvidó al instante lo bien que lo había estado pasando a la vez que su viejo amigo, el pánico, se hizo hueco en ella. Miró alrededor con ojos desorbitados.

–¿Qué pasa? ¿Por qué paramos?

–La rueda trasera izquierda se ha pinchado.

Al menos no era un problema eléctrico. Lulu se hundió el en asiento. Podía quedarse donde estaba, sana y salva, y el problema se resolvería pronto. Podía con ello. Pero para conseguirlo, tenía que dominar el pánico. Debía concentrar su atención en algo... El teléfono.

En el silencio que siguió, alzó la mirada y vio que Alejandro la observaba. No quería que notara lo nerviosa que estaba.

–Vamos, cámbiala. Haz algo –dijo a la defensiva, antes de volver a concentrarse en la pantalla.

¿Que hiciera algo?

Alejandro apagó el motor y se giró para mirarla. ¿Acaso pensaba que era un mecánico? Alargó la mano, le quitó el teléfono y lo tiró al asiento trasero. Efectivamente, había llegado el momento de hacer algo...

Se inclinó hacia ella. Lulu lo miró desconcertada, pero no hizo ademán de resistirse cuando él hundió los dedos en sus sedosos rizos y aplicó sus labios a los de ella.

Que abriera los labios para protestar le sirvió para invadir su boca con la lengua. Había pensado darle un rápido beso porque no acostumbraba a permanecer donde no era bienvenido, pero ella no solo no presentó pelea, sino que, tras posar las manos en sus hombros, le devolvió el beso.

Y él le dejó,

Porque ya no se trataba de demostrar nada.

Era ella quien estaba seduciéndolo. Y estaba teniendo éxito.

Lo que resultaba completamente inapropiado puesto que no podían seguir adelante en un coche aparcado en el arcén de una carretera escocesa.

Quizá no había sido tan buena idea.

Alejandro empezó a imaginar piscinas heladas en Reikiavik, que perdía contra un equipo de segunda, la posibilidad real de que le sacaran una foto enrollándose con una joven en un coche como un adolescente en celo...

Pero lo que debía de haberle servido para enfriar completamente su deseo fue la oleada de ternura que lo invadió cuando ella separó sus labios de los de él y ocultó el rostro en su cuello en un gesto de timidez que, extraña y desconcertantemente, despertó en él un violento instinto de protección.

Alejandro se encontró acariciándole la nuca impulsado por un violento deseo de ser cariñoso con ella. «Es frágil», se dijo. «Es frágil».

Lulu se dio cuenta de que Alejandro se separaba de ella y de que no tenía dónde ocultarse. Un instante había estado intentando dominar su pánico y al siguiente se había encontrado sumergida en algo que no había experimentado apenas en sus veintitrés años: las sensaciones, el olor, la excitación de ser besada por un hombre. Y no cualquier hombre. Aquel hombre.

El corazón le había saltado en el pecho en cuanto sus labios habían tocado los de ella. Había sido la experiencia más estimulante de toda su vida.

Esperó a que él dijera algo porque ella no se sentía capaz de articular palabra.

–Ya he hecho algo –dijo él.

El tono que usó hizo que Lulu lo mirara horrorizada. ¡Había sido algo premeditado, no un impulso que no había podido controlar! ¡Lo había hecho solo para humillarla!

Lanzó la mano, pero él se la sujetó antes de que diera en la diana.

–Bofetadas no, preciosa.

Alejandro pudo ver en su rostro la batalla que libraba, y aunque se alegraba de haberla puesto en su sitio, se sentía despreciable.

Y entonces fue cuando oyó un rumor creciente. Fijó la atención en el espejo retrovisor lateral y vio lo que se aproximaba.

Lulu liberó la mano y se limpió con ella los labios.

–No vuelvas a hacer eso jamás.

–Vale –Alejandro mantuvo la mirada en el espejo.

–Hay una palabra para describir a los hombres que fuerzan a una mujer –continuó ella, desabrochando el cinturón de seguridad.

Eso consiguió atraer la atención de Alejandro.

–No he usado ninguna fuerza, querida –dijo, frunciendo el ceño–. Tú me has acompañado todo el camino. Se llama química.

–Sé bien cómo se llama –Lulu abrió la puerta.

–¿Dónde demonios vas? –gruñó él. Irritándose por la interpretación que Lulu le estaba dando a lo sucedido.

–Lo más lejos posible de ti.

Lulu puso un pie en el suelo, dio un grito y cerró la puerta.

Estaban rodeados por decenas de ovejas de hocico negro. El coche se meció suavemente con los empujones del rebaño.

–Quizá debía de haberlo mencionado –Alejandro bajó la ventanilla–. Tenemos compañía.

Capítulo 5

«ME VOY a morir».

Lulu se quedó completamente rígida mientras la carretera se seguía llenando de ovejas.

–Bienvenida a Escocia –dijo Alejandro, como si flotar sobre una nube de ovejas fuera algo habitual en Argentina.

Un gemido había quedado contenido en el fondo de la garganta de Lulu. Sabía que si abría la boca brotaría y se sentiría mortificada. Aunque no estaba segura de que pudiera humillarse todavía más de lo que ya lo había hecho.

Tenía que hablar. Tenía que lograr que pasara algo.

–Arranca –dijo en tono de desesperación.

–¿Para qué? –Alejandro indicó la marea lanosa–. Estamos en Escocia. Las ovejas tienen precedencia. Además, la rueda trasera está pinchada.

Lulu sentía los labios todavía pulsantes por el beso, o tal vez porque el estado de shock se apoderaba de ella. Aquello era peor que un vuelo de dos horas de París a Edimburgo, o que dejar que un hombre al que apenas conocía la besara.

Aquella era su peor pesadilla.

No podía escapar. Y saber que estaba a milímetros de sufrir una crisis delante de aquel hombre era probablemente lo única que la mantenía erguida y petrificada en su asiento.

Oyó un clic y se dio cuenta de que Alejandro había abierto la puerta.

–¿Qué estás haciendo? –dijo con un grito agudo.

Él la miró sorprendido.

–Voy a hablar con el granjero –dijo en tono pausado–. Es mejor que estar aquí sentado.

–¡No! –Lulu le asió el brazo.

–A no ser que prefieras que nos quedemos aquí, besuqueándonos como dos adolescentes –dijo él con sorna.

Lulu le soltó como si quemara y se dio cuenta de que estaba entre la espada y la pared.

–Vamos –dijo Alejandro con mayor paciencia–. Estiremos las piernas.

Lulu pensó desesperadamente en una excusa.

–No me gustan las ovejas... Huelen mal... –miró alrededor buscando algo que añadir–: Y me voy a destrozar los zapatos.

Alejandro le dedicó la mirada que se merecían esas palabras y Lulu cerró los puños, avergonzada. El último resquicio de seguridad en sí misma que tanto le había costado acumular, la abandonó. La Lulu que se había sentido plenamente viva en brazos de Alejandro y le había devuelto el beso se esfumó.

Aun fue peor que Alejandro se limitara a encogerse de hombros, como si le resultara totalmente indiferente lo que hiciera.

–Como quieras, chica –abrió la puerta y Lulu se dio cuenta de que hablaba en serio.

Lo observó caminar relajadamente llamando a voces a los hombres que conducían el ganado. Ellos lo esperaron y cuando los alcanzó, los tres charlaron como si fueran viejos amigos.

Lulu se inclinó hacia adelante hasta prácticamente pegar la nariz al parabrisas, preguntándose de qué estarían hablando, teniendo en cuenta que cuando Alejandro le hablaba a ella lo hacía malhumorado o gruñendo... O la besaba. Se llevó los dedos a los labios y habría jurado que todavía sentía el hormigueo del contacto con los de él.

Un largo y agudo balido la sobresaltó, ahuyentando todo recuerdo del beso.

Afortunadamente, en ese momento Alejandro volvió el coche. Inclinándose hacia el interior, comentó:

–Puede que alguna conexión se haya aflojado y que vuelvan a fallar aunque la ajuste. Será mejor que llame al seguro y solicite otro coche. Hay un pub un poco más adelante. Podemos esperarlo allí.

Lulu sabía que aquel era el momento en el que una mujer normal y sensata aprovecharía para confesarle su problema. Le explicaría por qué le resultaba totalmente imposible salir del coche; y juntos, pensarían en una solución.

El problema era que no había una solución. Y en aquel momento ella estaba lejos de ser una mujer sensata. Estaba a punto de sufrir un ataque de pánico.

Lulu se oyó decir:

–No tengo la menor intención de ir a ninguna parte.

Alejandro se irguió y por un eterno y espantoso momento, Lulu temió que fuera a abandonarla.

«Por favor, no me dejes».

Aquella voz interior brotaba de un lugar profundo, donde una aterrorizada niña pequeña seguía escondiéndose.

Entonces vio que Alejandro se alejaba, y un helador frío paralizó cada uno de sus miembros hasta que lo vio detenerse en la parte delantera del coche.

–Abre el capó –dijo él.

Lulu se inclinó hacia el lado del conductor para buscar la palanca. Alejandro nunca sabría lo agradecida que le estaba porque no se hubiera ido.

Mientras permaneciera en el coche, estaba segura. Lo único que necesitaba hacer era evitar que las glándulas de la adrenalina se activaran.

Revolvió en el bolso para buscar su pañuelo empapado en lavanda y se lo aplicó a la nariz con una mano a la vez que se colocaba los auriculares del mp3 con la otra y, cerrando los ojos, escuchaba la meditación que había ido oyendo en el avión para relajarse.

Alejandro comprobó las conexiones y luego abrió la puerta de atrás para sacar una toalla de manos de debajo del asiento.

La pequeña princesa francesa estaba escuchando música, con un pañuelo en la nariz para bloquear el olor a oveja, a granja... a cualquier cosa que ofendiera su delicada sensibilidad. Entre las que, probablemente, estaba incluido él.

«Hay una palabra para describir a los hombres que fuerzan a una mujer».

Bestia.

Alejandro cerró dando un portazo.

Lulu se quitó un auricular y miró alrededor, sobresaltada. Entonces observó el capó abierto y fue cuando se dio cuenta de que Alejandro estaba en el lado equivocado del coche.

Para entonces, las ovejas habían seguido su camino. Se animó a entreabrir la puerta y puso un pie en la carretera. La tierra no se abrió bajo sus pies, y pudo oler el delicioso aroma a hierba fresca y a ovejas. Aspiró profundamente. Estaba mucho mejor de lo que esperaba.

Alejandro vio una ráfaga turquesa desaparecer hacia la parte de atrás del coche. A continuación, se abrió el maletero.

Cerró el capó y fue hacia allí. Lulu estaba forcejeando con la rueda de repuesto.

–¿Se puede saber qué estás haciendo?

Ella lo ignoró. Tiró de la rueda, la equilibró sobre el borde del maletero y la bajó al suelo. Luego la llevó rodando hasta el lateral del coche.

–Quizá la pregunta adecuada es ¿tienes idea de lo que estás haciendo? –preguntó Alejandro con sorna.

A modo de respuesta Lulu sacó la rueda de su bolsa protectora y se la mostró, junto con el gato, como si fuera un triunfo.

Alejandro asintió con la cabeza en un gesto de respeto y Lulu sintió una punzada de orgullo.

Tenía muy pocas cosas que agradecer a su padre, excepto la de poder cambiar una rueda, arreglar un grifo y desbloquear un desagüe. Su madre no había podido permitirse pagar ayuda, así que ella había tenido que aprender.

–Quizá deberías quitarte los zapatos, querida –sugirió Alejandro.

Lulu lo miro con desdén.

–Hice ballet clásico. Después de bailar sobre puntas, estos tacones no son nada.

Aun así, no fue sencillo quitar el tapacubos sin perder el equilibrio, pero una vez lo consiguió, usó la llave de cruce para aflojar los tornillos y a continuación, colocó el gato bajo el coche. Poco a poco fue girando la palanca y el coche se elevó con un suave crujido. Cuando la rueda quedó liberada, tiró de ella con ambas manos. El peso la desequilibró, y Alejandro acudió a sujetarla.

Lulu tuvo la extraña sensación de que le habría gustado quedarse pegada a su sólido cuerpo, rodeada por sus brazos, que lanzaban corrientes eléctricas a partes de su cuerpo que prácticamente había olvidado tener.

–Ya está –murmuró él–. Yo acabo.

Lulu fantaseó eróticamente con él mientras colocaba la rueda, apretaba las tuercas y bajaba el coche.

«Me ha convertido en una ninfómana», pensó. Y si a ella le había afectado así, ¿qué haría sentir a mujeres con más experiencia?

Alejandro colocó el tapacubos, guardó la rueda de repuesto y cerró el maletero.

Lulu alargó la mano con la palma hacia arriba.

–Dame las llaves.

Alejandro intuyó lo que pretendía, pero no le importó y se las dio.

Lulu fue con decisión al asiento del conductor y, lanzando una mirada impertinente hacia Alejandro por encima del coche, ordenó:

–Súbete.

Alejandro obedeció. Violetas. Le gustaba su perfume.

Lulu ya no parecía la chica que había recogido aquella mañana. Tenía el cabello alborotado y sus rizos formaban una aureola alrededor de su rostro, que estaba sonrosado por el aire, el ejercicio, o quizá, la determinación. Le brillaban los ojos y tenía la falda arrugada. Una mancha de grasa le afeaba la parte de arriba del vestido, por cuyo escote asomaban las dos precisas curvas de unos firmes senos.

Alejandro vio que se había quitado los zapatos, que estaban cubiertos de barro, y que conducía con gesto de plena concentración. Estaba exactamente como cuando la había besado, salvaje y preciosa, y su deseo se intensificó.

Lulu arrancó y se incorporó a la carretera dando un acelerón.

–Ten cuidado –bromeó él sin poder apartar los ojos de ella.

–¿Se puede saber cómo has sido capaz de dejarme sola, encerrada en un coche, en medio de la nada?

–No estabas encerrada y he ido a buscar información –Alejandro la miró de arriba abajo–. Lo que no entiendo es que hayas hecho el numerito de no bajarte del coche cuando se ve que eres perfectamente capaz...

–No es asunto tuyo... Y sí –Lulu lo miró un instante–, soy perfectamente capaz.

–¿Tienes idea de dónde vamos, querida?

Lulu cambió de marcha con gesto desafiante.

–Por supuesto que sí.

Alejandro vio que pasaban una señal de Inverary. Deslizó la mirada hacia los senos de Lulu, que se movían al ritmo de su respiración, y luego la subió a sus labios y a la línea de su barbilla, que alzaba en un gesto retador.

Parecía tan satisfecha consigo mismo, que decidió no molestarse en decirle que iban en la dirección equivocada. No tenía prisa en llegar al castillo. No... Se acomodó en el asiento, se cruzó de brazos y fingió dormir. Iba a permitir que aquel episodio se prolongara un poco más, y una vez Lulu se diera por vencida y hubiera aprendido la lección, decidiría cómo conducir la evidente química que había entre ellos hacia su conclusión lógica.

Lulu observó el paisaje. De acuerdo a su mapa deberían de haber llegado ya a una autopista, pero empezaba a oscurecer, llovía y no tenía ni idea de dónde estaban.

La carretera se había ido estrechando y las señales eran ilegibles. Los faros solo iluminaban una franja hacia adelante, lo que daba al entorno un aire amenazador y sobrenatural.

A Lulu le gustaba el campo... de día. Pero iba a tener que detener el coche. La aguja de la gasolina estaba aproximándose a la marca de reserva.

Paró en el arcén. Luego sacudió a Alejandro por el hombro.

Él no se movió.

–¡Alejandro!

Este abrió los ojos y la miró con expresión especulativa. Lulu sintió que la observaba como si estuviera completamente desnuda y, por un instante, tuvo la sospechaba de que no había estado durmiendo.

–Creo que nos hemos perdido –dijo a regañadientes.

–¿Tú crees?

Alejandro habló con una voz profunda que no tenía nada de somnolencia, y sí mucho de una sensualidad que perturbó a Lulu.

–No sé dónde estamos.

–Es una suerte que yo sí –dijo él con sorna. Se desabrochó el cinturón de seguridad y abrió la pucrta–. Ahora conduzco yo.

Lulu pasó al lado del copiloto por encima de la palanca de cambios.

Alejandro arrancó y se incorporó a la carretera.

–¿Cómo sabes dónde estamos? –preguntó ella.

–Porque he visto la última señal. Estamos en las afueras de Inverness.

Lulu suspiró aliviada. Luego frunció el ceño.

–Pero si estabas dormido...

–Tengo el sueño ligero, querida –respondió Alejandro con ojos chispeantes.

¡Así que había estado en lo cierto! Pero aunque pensó que era el hombre más irritante que había conocido, Lulu notó que el corazón se le aceleraba y se encontró observándolo y preguntándose qué sería lo siguiente que haría.

Llevaban diez minutos en la carretera principal cuando Lulu se dio cuenta de que su pequeña aventura terminaría pronto, y empezó a pensar en el fin de semana y a tratar de componer frases que dudaba mucho que fuera a tener el valor de decir en voz alta: «estoy sola el fin de semana... Tú también. Yo soy la dama de honor... tú el padrino. ¿Te parece que formemos pareja temporalmente? ¿Y si me volvieras a besar?»

En ese instante una ráfaga de viento sacudió el coche y el cielo se desplomó en forma de una lluvia torrencial.

Alejandro bajó la velocidad.

–Kilantree... –leyó Lulu en una señal–. Una milla. ¿Queda Kilantree cerca del castillo de Dunloise?

–No lo bastante.

Alejandro desconcertó a Lulu al tomar la siguiente salida.

–¿Qué estás haciendo?

–Ha oscurecido, está lloviendo y no conozco estas carreteras. No vamos a llegar esta noche.

–¿Qué quieres decir?

Lulu sabía lo que quería decir y por primera vez desde que tenía uso de razón no le produjo ansiedad que su rutina saltara por los aires, sino todo lo contrario...

–Que vamos a pasar aquí la noche.

Capítulo 6

LAS DIRECCIONES que les dieron en el pub de Kilantree los condujeron hasta la casa rural de la señora Bailey, en lo alto de una colina. La propia señora Bailey acudió a la puerta, en bata y zapatillas.

–Pasen, pasen o se los llevará el viento. ¿Está bien, querida? Está tan blanca como un fantasma. Hay uno en la casa, pero seguro que esta noche los dejara tranquilos.

–¿Un fantasma?

Lulú abrió los ojos alarmada y Alejandro notó que le tomaba la mano.

–Supongo que atrae a los turistas –bromeó él. Y la señora Bailey rio.

–Así es, pero eso no quiere decir que no exista. Vengan arriba. ¿Le importa cargar con el equipaje? Mi marido está ya acostado. Tiene que levantarse a las cuatro de la mañana para atender al ganado.

Al ver la cara de susto que Lulu seguía teniendo, Alejandro sonrió. En lo alto de la escalera tuvo que inclinar la cabeza para no golpeársela con el techo.

La mujer abrió la puerta de un pequeño dormitorio que prácticamente ocupaban una cama doble, un sillón y una cómoda. Había una chimenea apagada que la señora Bailey se dispuso a encender.

–Estarán calientes en cuestión de segundos. El cuarto de baño está al otro lado del vestíbulo.

Lulu musitó alarmada en cuanto la señora Bailey salió:

–No pienso compartir dormitorio contigo.

–No te preocupes, querida, me fio de ti.

Lulu puso los ojos en blanco, aunque Alejandro podía percibir que estaba expectante. Pero no sería él quien diera el primer paso. Era fundamental que la decisión la tomara ella.

–¡Solo hay una cama! –dijo Lulu, como si no fuera evidente.

–Sí, tiene una pinta muy cómoda, querida.

–Vas a tener que dormir en el suelo.

–No.

Lulu se puso roja.

–O en el sillón –sugirió como si se mostrase magnánima.

Alejandro enarcó una ceja.

–¿Y si lanzamos una moneda?

Lulu abrió la boca para replicar, pero la cerró. Él sacó una moneda.

–¿Cara o cruz?

–Cara.

Alejandro la lanzó.

–Cruz. Te dejaré una manta.

Alejandro notó los ojos de Lulu seguirlo a la vez que atizaba el fuego. Tenía la tentación de tomarla en brazos y sacarla de su estado de ansiedad. No tenía la menor intención de dormir solo.

–Necesito mis cosas –dijo Lulu en un tono más elevado de lo necesario, teniendo en cuenta de que estaban a un par de metros de distancia.

Alejandro removió los leños.

–¿Vas a comportarte como es debido o me vas a obligar a salir? –preguntó Lulu al ver que no reaccionaba.

–Seré un caballero –dijo Alejandro, irguiéndose y mirándola fijamente– y te las traeré.

Lulu se echó a un lado cuando pasó junto a ella, tímida como un ratoncillo.

–Basta con la bolsa de mano –dijo cuando Alejandro ya bajaba–. ¡Y no la golpees!

Al volver, Alejandro coincidió con la señora Bailey al pie de la escalera.

–Incluiré una botella de brandy con la cena. Su esposa necesita entrar en calor.

Alejandro le dio las gracias, aunque pensó que sería él quién hiciera entrar a Lulu en calor.

De haber sido un hombre menos seguro de sí mismo quizá la duda lo habría asaltado cuando Lulu lo recibió en lo alto de la escalera con un distante:

–*Merci beaucoup* –a la vez que tomaba la maleta y huía de él hacia el cuarto de baño como si fuera el villano de una opereta.

Pero Alejandro nunca había carecido de autoestima, así que sonrió y volvió abajo para ver cómo iba la cena.

Cuando volvió con una bandeja, Lulu estaba rebuscando en la maleta. Alzó sus enormes ojos marrones hacia él con el brillo de incertidumbre que los caracterizaba; pero entonces vio la botella que llevaba bajo el brazo y las dos copas que sujetaba entre los dedos y se puso en pie de un salto.

–¡Ese es el regalo de boda!

–Sí –Alejandro se encogió de hombros–. Las lavaremos y no se enterarán.

–¡Pero yo sí lo sabré!

–Podemos comer en el suelo –dijo Alejandro, decidiendo no hacerle caso y dejando la bandeja delante de la chimenea. Entonces miró detenidamente a Lulu y vio que llevaba una bata de lana hasta los pies, abotonada hasta el cuello–. ¿A qué abuela le has robado eso?

Lulu bajó la mirada.

–He oído que las noches escocesas son muy frías por culpa del mar del Norte –dijo con solemnidad.

–¿El mar del Norte?

–Sí, ahí fuera –Lulu hizo un ademán con la mano.

Alejandro calculó que señalaba hacia el interior, pero no dijo nada.

Lulu se estiró las mangas, avergonzada. Estaba claro que a Alejandro no le gustaba, pero era muy práctica, que era lo importante.

Entonces se dio cuenta de que Alejandro tenía el cabello mojado por la lluvia y que con él había entrado el aire fresco de la noche. Y sus sentidos se despertaron. Alejandro se había enfrentado a los elementos por ella. Y aunque fuera absurdo, lo cierto era que le resultó un gesto sexy y extremadamente masculino. Deslizó la mirada por sus anchos hombros, también mojados, y suspiró.

–¿Vas a comer o no?

Lulu se dio cuenta de que había estado mirándolo embobada.

Ruborizándose, se sentó en la alfombra y estudió la cena. Era un guiso con patatas; el tipo de comida que habría evitado de no estar de vacaciones.

–¿Qué es eso? –preguntó cuando Alejandro abrió una botella.

–Una de las botellas de *burgundy* que he traído para Khaled y Gigi. No echaran una de menos.

Lulu estudió la etiqueta.

–¿Mil novecientos cuarenta y cinco?

–Una cosecha del final de la Segunda Guerra Mundial. Conseguí unas cuantas en una subasta de Christie's.

–¿Compraste vino en una subasta?

–¿Por qué no?

–¿No te resultó caro?

Alejandro le lanzó una mirada que revolucionó las hormonas de Lulu.

–Un poco.

–Esto es un desperdicio –masculló Lulu mientras le veía servir las copas–. Dudo que el guiso de la señora Bailey esté a la altura de un vino tan caro...

–Un buen vino lo mejora todo –dijo Alejandro. Y Lulu intuyó que no se refería solo a la comida.

Instintivamente, se llevó la mano al pecho para asegurarse de que no se le había desabrochado ningún botón. Luego se concentró en probar el vino para aplacar sus nervios. El líquido se deslizó por su garganta como un delicioso néctar. Lulu dejó escapar un gemido de aprobación y miró a Alejandro que, en lugar de probar el suyo, la miraba fijamente. Ella se sintió al instante de nuevo en el coche, con la mano de Alejandro en la nuca y su lengua ejerciendo todo tipo de magia en su boca, y súbitamente volvió a sentirse acalorada y jadeante.

–Dime –dijo él, estudiando su rostro–, ¿cómo se pasa de bailarina de ballet a vedette en toplles de cabaret?

Lulu le lanzó una mirada incendiaria. Alejandro estaba apoyado en el pie de la cama, con las piernas estiradas hacia el fuego en actitud relajada, descalzo. Era el vivo retrato de cualquier fantasía femenina. Y lo sabía.

Pero no el de ella. Lulu quería un Gregory Peck, alguien honesto en quien confiar, que cedería siempre su cama a una dama, sin pretender compartirla con ella... Y que no tenía prejuicios sobre su profesión.

Aunque fuera verdad que una parte considerable de las bailarinas del L'Oiseau Bleu bailaban topless... o incluso desnudas, pero todo era muy artístico y formaba parte de una larguísima tradición. Pero a Alejandro probablemente la herencia histórica le era indiferente. Solo le interesaban las mujeres desnudas.

Lo que no explicaba por qué se encontró mirando demasiado prolongadamente los sensuales labios de Alejandro y la sombra que empezaba a oscurecerle el mentón. Se preguntó si le rasparía en caso de que volviera a besarla...

Tuvo que abanicarse.

–¡Qué calor hace!

–Te alegrarás cuando baje la temperatura–comentó él.

Lulu miró hacia la cama y luego a Alejandro, esperando que se ofreciera a dormir en el sillón, pero no lo hizo.

Lulu apretó los labios y tomó la copa.

–Y dime, ¿cómo se pasa de hombre maleducado a jugador de polo profesional?

Alejandro ni se inmutó.

–Mi padre me subió a un caballo cuando tenía cuatro años y me dio un bate. No me quedó otra opción.

Lulu no pudo evitar sentir lástima de él.

–En cualquier caso –continuó Alejandro–, mi familia ha criado caballos en Argentina desde hace varias generaciones, y el polo es un deporte nacional. Lo llevo en la sangre.

–¿Así que eres un rico heredero? –preguntó Lulu, que seguía irritada porque no le ofreciera la cama.

Si se comportara como un caballero, estaría dispuesta, tal vez, a compartirla con él... platónicamente... Aunque dudaba de que con Alejandro du Crozier algo pudiera ser platónico. Era más del tipo que besaba a una mujer hasta que esta lo abofeteaba y luego la dejaba a merced de cien ovejas de hocico negro.

–¿Que si soy un rico heredero? –preguntó Alejandro, como si reflexionara–. No. He ganado cada pedazo de tierra y cada animal que poseo –dijo con un énfasis que hizo intuir a Lulu que había tocado un punto sensible. Alejandro bebió antes de seguir–: Dirijo la explotación de una hacienda, tengo una empresa próspera y, entre otras cosas, apoyo al equipo nacional de polo.

–Debes de estar muy ocupado.

–No sabes hasta qué punto, querida.

No. Pero lo sabría en cuanto empezase a ir a la universidad al mes siguiente, además de seguir con su trabajo en el teatro.

–No sé nada de polo, pero supongo que exige trabajar mucho con los caballos.

–Así es. Uno es tan bueno como el caballo que monta.

Lulu estaba segura de que Alejandro era excelente. Y era agradable hablar con él por fin relajadamente.

Por primera vez se le pasó por la cabeza que podía dedicarse aquella noche a sí misma. No estaban allí las demás chicas para contarle que había algo raro en ella. Tampoco sus padres podían insistir en que no era completamente normal. ¿Por qué no convertir aquella noche en su noche? Dio un largo trago al vino.

–Tus padres deben de estar muy orgullosos de ti.

Alejandro pareció tensarse.

–Se divorciaron cuando yo tenía quince años –dijo.

Como ella, era hijo de padres divorciados. Tenían algo en común.

–Los divorcios son complicados.

Alejandro enarcó una ceja.

–Mis padres vivían en una continua guerra, Lulu. El divorcio marcó el armisticio.

Lulu comprendía exactamente a qué se refería, pero no quería profundizar en ese tema.

–¿Te quedaste con tu madre?

–Sí. Mis hermanas y yo –Alejandro dejó la copa a un lado.

–¿Y por qué decidiste seguir jugando a polo de mayor? Debe de gustarte mucho.

–Soy competitivo por naturaleza –dijo Alejandro–, y he jugado contra los mejores.

Hablaba como si fuera lo más sencillo del mundo. Lulu se preguntó qué pensaría si supiera que algunos días ella ni siquiera podía salir a la calle.

–Es verdad que el polo me roba gran parte del tiempo que debería dedicar al rancho, pero si ello contribuye a popularizar el deporte, vale la pena. Aunque dudo de que mi exmujer estuviera de acuerdo. El deporte profesional puede afectar a tu vida personal.

–¿Has estado casado?

–¿Te sorprende?

–No pareces el tipo de hombre que se casa.

Alejandro miró a Lulu especulativamente.

–¿Qué tipo parezco?

–Ocupado –dijo Lulu.

–No estoy tan ocupado como imaginas, querida –dijo él, esbozando una sonrisa.

Lulu sintió que se le aceleraba el pulso. No tenía práctica en coquetear, no sabía qué pasos seguir.

–En la estancia tenemos un programa de cría de caballos famoso internacionalmente –continuó Alejandro.

No dejaba de asombrar a Lulu.

–Conocí a Khaled –continuó él–, mientras visitaba una cuadra en el Cáucaso hace unos años.

Lulu no quería hablar de Khaled Kitaev, pero recordó algo que había oído decir a las demás chicas: «habla con un hombre sobre lo que le interesa y te encontrará irresistible».

–¿Así que tú eres su mejor amiga? –preguntó entonces él, desconcertando a Lulu, que había asumido que querría seguir hablando de sí mismo.

–¿Perdona?

–Me refiero a Gigi. Compartisteis piso, ¿no? ¿Cómo os conocisteis?

A Lulu le sorprendió que supiera ese detalle, y se preguntó si Khaled y Gigi también le habrían dicho... No... No le habrían dicho nada.

–Las dos hicimos la prueba para *Bluebirds* al mismo tiempo –explicó con timidez–. Gigi estaba buscando piso, y como mis padres habían alquilado uno para mí, se mudó conmigo.

Lulu alzó la mirada al oír a Alejandro reír quedamente.

–¿Qué tiene eso de gracia? ¿Tus padres no te ayudaron al principio de tu carrera?

–Mis padres más bien sirvieron de estorbo, querida. Relájate; no te estoy juzgando.

Lulu entornó los ojos mientras observaba la sonrisa que bailaba en los sensuales y perturbadores labios de Alejandro. Claro que la juzgaba.

Se preguntó qué pensaría si supiera que, además de vivir en un precioso piso que pertenecía a sus padres, el chófer de su madre y de su padrastro la llevaba a todas partes, y que todo ello formaba parte de una vida perfectamente planificada para ella desde que tenía dieciocho años.

–¿Así que ahora te has quedado sola en el piso de tus padres?

–Sí –dijo Lulu, preguntándose a dónde conduciría esa pregunta.

–¿Por eso lo odias?

–¿A quién?

–A Khaled. Gigi se ha buscado un buen partido.

Lulu sintió que la invadía un escalofrío a la vez que le ardían las mejillas. ¿Qué estaba insinuando?

–¿Quién te ha dicho que yo odie a Khaled? Me alegro muchísimo por Gigi –era consciente de haber elevado la voz, algo que no hacía nunca–. ¿Y qué quieres decir con «un buen partido»?

–Khaled es muy generoso con ella.

Lulu estuvo a punto de atragantarse.

–¡Gigi no se casa con Khaled por su dinero!

–Lo sé. Estaba hablando de ti.

–¿De mí? –exclamó Lulu–. ¿Insinúas que estoy buscándome un millonario?

–No serías la primera.

Capítulo 7

EL SARCASMO de aquel comentario dejó a Lulu atónita.

–Gigi y yo no estábamos viviendo nuestra propia versión de *Cómo atrapar a un millonario*, si es que eso es lo que insinúas –dijo, intentando imprimir el mayor desdén posible a sus palabras–. Somos chicas trabajadoras. Gigi ahora es la dueña del cabaret. Yo bailo.

–Por lo que tú misma dices, a ti te mantienen tus padres.

Lulu fue a negarlo, pero no podía hacerlo sin explicar sus circunstancias. Era tan frustrante...

–No serías la primera persona en envidiar a una amiga. Puede que me equivoque... –Alejandro se encogió de hombros.

–¡Estás equivocado! Y Khaled no tiene derecho a hablar sobre mí con nadie.

–Él no me ha dicho nada –Alejandro se apoyó en el pie de la cama con una sonrisa burlona en los labios–. Han bastado cinco minutos en el avión para saber cómo eres, querida.

–¿Cómo crees que soy? –preguntó Lulu alarmada.

–Problemática.

–¿Qué...? –Lulu calló porque súbitamente pensó que Alejandro sabía exactamente cómo era. Parecía tener un sexto sentido.

¿Sabría que nunca había tenido un novio? ¿Pensaría

que era una inadaptada? ¿Iba a pasar la noche burlándose de ella?

La autoestima de Lulu se desplomó.

–¿Qué he hecho para que seas tan desagradable conmigo? –preguntó a la defensiva–. No has dejado de atacarme desde que coincidimos en el avión. Cuando me has besado...

Mon Dieu, ¿qué estaba diciendo? Lulu se puso en pie, pero no tenía dónde ir. Su trasero chocó contra la cama.

–No sabes nada de mí –masculló, dándole la espalda–. Y espero que después de este fin de semana no volvamos a vernos.

El primer instinto de Alejandro fue tomarla en brazos y besarla, pero Lulu acababa de hacerle sentir ruin. Él salía con mujeres independientes, seguras de sí mismas, aunque eso no aseguraba que las relaciones funcionaran. De hecho, su mujer se había lanzado con absoluta seguridad a la cama de otro hombre. Pero algo de lo que había dicho Lulu resonaba a verdad.

Todo en ella resultaba genuino.

¿Estaría cometiendo el error de juzgar a todas las mujeres por cómo había sido su relación con su exesposa?

Al percibir la tensión de Lulu, se sintió como un matón.

–Discúlpame, Lulu. Ha sido un día muy largo y estoy descargando mi mal humor en ti.

Lulu no había esperado ni una disculpa ni que Alejandro se pusiera de pie y se quedara tan cerca de ella, a su espalda. No quiso volverse porque sabía que estaba sonrojada y que se le habría corrido el rímel. Y aún menos, porque no estaba segura de lo que se suponía que debía hacer, o de qué significaba la electricidad que había entre ellos.

–¿Lulu?

–Acepto tus disculpas –dijo ella fríamente.

Se produjo un silencio en el que a Lulu le mortificó que Alejandro sintiera lástima de ella... que era lo menos sexy del mundo.

–Podemos intentar ser al menos educados el uno con el otro, ¿no te parece? –preguntó con un hilo de voz.

–De acuerdo. Pero me está resultando muy difícil ser educado contigo

–¿Por qué? –preguntó ella, mirándolo de soslayo.

¿Por qué la estaba mirando así? Estaba segura de que Alejandro podía oír su corazón latir aceleradamente.

–Creo que sabes por qué –dijo él con una sonrisa en los labios que no iluminaba sus ojos, pero en lo que había una promesa de algo mucho más íntimo. Algo que haría palidecer el beso del coche.

Era un terreno desconocido y Lulu empezó a perder pie y a sentir que se hundía. Un poco demasiado deprisa para su gusto... un poco demasiado pronto. Pero junto a Alejandro, todo parecía acelerarse.

Hacía un momento lo odiaba. Sin embargo en aquel instante, estaba teniendo que hacer un esfuerzo sobrehumano para no volverse, tirarle de la camisa y obligarlo a besarla.

Pero eso no iba a suceder.

–Creo que es hora de acostarse –dijo.

E intentó convencerse de que no le desilusionaba que Alejandro no protestara.

Alejandro volvió del cuarto de baño afeitado, en boxers y descalzo, y encontró a Lulu en el sillón. Con gesto de determinación, intentaba encontrar postura. Y Alejandro reconoció esa expresión como la que le había visto en varias ocasiones a lo largo del día: la de empeñarse con todas sus fuerzas en hacer algo.

Miró la cama y luego a la mujer acurrucada en el

sillón. Desde un principio había tenido claro que le cedería la cama porque estaba seguro que ella se negaría a compartirla con él.

Ella dormiría en la cama y él sería el caballero con el que Lulu soñaba. En más de una ocasión había dormido sobre la silla de montar. Un sillón incómodo no iba a acabar con él.

Dejó el neceser y tomó a Lulu en brazos junto con la manta que la cubría y al instante supo que había cometido un error, porque el ambiente se cargó de una súbita intimidad. El delicioso peso de Lulu en sus brazos, rodearla con ellos... La sintió como suya.

Y ella pareció sentir lo mismo, porque no hizo ademán de resistirse.

La depositó en la cama.

–¿Qué estás haciendo?

–¿Tú qué crees? Cederte la cama.

Fue entonces cuando Alejandro vio que se había quitado la bata. La manta se había deslizado a su regazo y Lulu estaba sentada, luciendo el conjunto de ropa interior de estilo años cincuenta más sexy que él había visto en su vida. O tal vez se debía a la mujer que lo llevaba, cuyas curvas llenaban a la perfección la seda de encaje blanco.

También ella lo vio a él. Los boxers no podían disimular nada.

Lulu lo miró fascinada, y solo pareció darse cuenta de que estaba en ropa interior cuando el colchón cedió bajo el peso de Alejandro, que se sentó tan cerca de ella como para sentir el calor de su cuerpo. Entonces abrió los ojos alarmada y levantó la manta hacia la barbilla. Pero eso no detuvo a Alejandro, que la besó, aunque en aquella ocasión, al contrario que en el coche, no lo hizo precipitadamente y enfurecido, para darle una lección, sino... con delicadeza, como si quisiera demostrarle que era lo bastante bueno para ella, que podía confiar en él. Que era suya.

Al día siguiente tendría que compartirla con todos los demás en la boda, pero en aquel instante Lulu le pertenecía, y Alejandro se dio cuenta de que ese sentimiento había ido tomando forma desde el momento que la había visto en el avión, antes de que su comportamiento hubiera contribuido a que se forjara una mala opinión de ella.

Lulu se echó hacia atrás inicialmente, mirándolo como si estuviera tan desconcertada como él con el giro que había dado la situación.

–No sé si... –empezó ella. Justo lo que Alejandro no quería oír.

La observó, a la espera.

Lulu podía ver en sus ojos color ámbar, enmarcados por unas largas y pobladas pestañas, promesas de un conocimiento del que ella carecía y quería poseer. Era uno de los hombres más guapos que había visto en su vida. Le hacía sentir tan... viva; y no la había estado tratando todo el día como si fuera de cristal. Había sido realmente desagradable. Pero eso solo lo hacía más deseable.

«Si no tengo sexo con él me arrepentiré el resto de mi vida».

Aun antes de concluir aquel pensamiento, estaba trazando la línea de los labios de Alejandro con los dedos.

Él le tomó la mano y le cerró el puño delicadamente.

–No estás segura, preciosa.

–Sí.

–Yo no busco una relación, y creo que tú sí.

Lulu se lo pensó. Ella sabía bien lo difícil que era tener una relación cuando se vivía atrapada por el miedo.

–Solo quiero algo diferente –admitió.

–¿Diferente a qué?

¿Por dónde empezar? Lulu no encontró las palabras, solo sabía que se sentía prisionera, encerrada.

Alejandro vio en su rostro la batalla que lidiaba. Intuía que para ella «diferente» significaba tener sexo fuera de una relación.

Esa era la gran diferencia entre ellos: el sexo para él jamás implicaba tener una relación.

Contenerse iba a exigir de él un esfuerzo titánico, pero debía intentarlo.

–Has tenido un día complicado, has bebido un poco y no sabes lo que quieres. No pienso aprovecharme de ti.

A medida que lo escuchaba, Lulu sintió que la devolvía a su caja, al rincón del que llevaba todo el día intentando escapar.

La pobre inválida, cuya discapacidad debía de ser siempre tenida en cuenta.

–Por la mañana te arrepentirías –continuó él como si estuviera convencido de ello–. Y yo no practico el arrepentimiento.

Lulu recordó lo que Alejandro le había dicho sobre sus padres y sus continuas peleas.

Entre los suyos no había habido una guerra: su madre había sido una víctima civil de la violencia de su padre biológico, hasta el día en que Felicienne había reunido el valor suficiente como para abandonarlo.

Pero Lulu había perdido la capacidad de ser valiente. Había dejado que el valor la abandonara al tiempo que su infancia acababa y la ansiedad la dominaba.

El riesgo de perder su amistad con Gigi era lo que finalmente la había impulsado a cambiar. Había tenido que suceder algo así de dramático para que por fin se atreviera a lanzarse al exterior.

Esa determinación a cambiar era la razón de que en ese instante estuviera sentada en aquella cama, en medio del campo escocés, con un hombre guapo y fascinante al que deseaba.

Y no quería que la devolvieran a la caja etiquetada como «defectuosa».

Alejandro debía de temer que quisiera pegarse a él todo el fin de semana porque era débil y dependiente

Y era verdad. Pero en aquel momento de lo que dependía era de los besos de Alejandro, que habían despertado su cuerpo. Y aunque tenía la seguridad de que se le pasaría y de que se quedaría dormida si esperaba lo bastante, también estaba segura de que habría perdido la oportunidad de saber qué se sentía al estar tan íntimamente conectada con otra persona.

«No practico el arrepentimiento».

Tampoco ella. Antes de acobardarse, se puso de rodillas, entrelazó las piernas alrededor de Alejandro y lo miró con osadía.

Alejandro se quedó sin argumentos. Después de todo, era un hombre, no un monje. Y Lulu era... Era...

–Solo quiero esta noche –susurró ella, abrazándose a su cuello–. Una noche contigo.

Entonces presionó sus labios torpemente contra los de Alejandro, que se sintió recorrido por una sacudida de deseo. Tomó el rostro de Lulu entre las manos porque en unos segundos no habría marcha atrás.

–¿Estás segura? –preguntó.

Ella sonrió y se inclinó para volver a besarlo.

Entonces él tomó la iniciativa y le recorrió el labio inferior con la lengua, atizando el fuego que Lulu sentía arder en su vientre. Y no solo con su lengua.

Lulu podía sentirlo endurecido contra la parte más íntima de su cuerpo y Alejandro le amasó las nalgas, incrementando el contacto.

Lulu no podía creerse lo excitada que se sentía ni hasta qué punto deseaba a Alejandro. Sus hombros eran como una roca bajo sus manos, sus músculos estaban calientes y mullidos. Era una fuerza de la naturaleza, y por primera vez en su vida Lulu tuvo una visión de lo que había estado perdiéndose. Solo había vivido a medias, y no ya por el sexo. Había dejado que el miedo la paralizara.

Pero no lo haría en aquella ocasión. No pensaba dejar pasar aquella oportunidad.

Era suyo.

Alejandro rompió el beso para hacerle una última advertencia.

–Yo no espero nada más que esto, Lulu.

–*Bon* –dijo ella, jadeante, borrando todo pensamiento que no fuera lo que estaban haciendo.

Alejandro deslizó la mano por debajo del sujetador y descubrió una piel aún más suave que la seda que la contenía, y unos senos asombrosamente llenos para una mujer delgada, con unos provocativos pezones que se endurecieron bajo sus dedos.

«¡Madre de Dios!»

Los apretó entre los dedos y Lulu gimió. Alejandro mascculló entre dientes, porque temía perder el control cuando ni siquiera la había desnudado.

Lulu respiraba entrecortadamente y a una velocidad creciente. Alejandro tomó un pezón entre los dientes a través del sujetador y lo mordisqueó. Lulu dio un grito ahogado y él aplicó la misma atención al otro pezón al tiempo que deslizaba la mano por debajo de su culote. Estaba caliente y húmeda, y Alejandro no pudo esperar por más tiempo.

Se quitó los boxers y Lulu, poniéndose de rodillas en la cama, lo miró con ojos abiertos y una expresión de asombrada inocencia. Entonces pareció salir de su contemplación y se llevó las manos a la espalda para desabrocharse el sujetador. Pero Alejandro se adelantó. Lenta y sensualmente le bajó las tiras de los hombros y Lulu alargó los brazos para facilitarle el trabajo. Sus senos estaban coronados por unos pezones de color frambuesa. Lulu alzó las manos instintivamente para cubrirse, en un gesto de pudor que no tenía sentido dadas las circunstancias. Alejandro percibió entonces un brillo de duda en su mirada, pero Lulu alzó la barbilla y bajó los brazos.

Alejandro sintió entonces una profunda ternura proporcional al deseo que lo poseía. Deslizó las manos delicadamente por los hombros de Lulu y por sus brazos, mientras observaba cómo sus pezones se endurecían y se alzaban con la respiración agitada de Lulu. Ella puso las manos en los hombros de Alejandro y en un gesto reflejo, las deslizó por sus brazos.

–¿Vamos a tener sexo?

Era una pregunta absurda, dado el punto al que habían llegado, pero Alejandro se la tomó en serio porque la hacía Lulu.

–Solo si tú quieres.

–Mmmm. Sí quiero –Lulu se abrazó a su cuello–. Contigo –añadió ella, mirándolo a los ojos.

Esas palabras recordaron a Alejandro lo dulce que era. Dulce y sexy, y distinta a cualquier otra mujer con la que hubiera estado.

–¿Lulu?

–Mmm.

–Solo esta noche.

–Deja de repetir eso –Lulu arrugó la nariz.

Tenía razón. No lo repetía tanto por ella como por sí mismo, porque estaba encontrando la situación de una intensidad abrumadora.

Lo que no significaba que pudiera parar. Era su problema sentir que aquello representaba más que una simple noche con una mujer atractiva.

Tiró del culote y se lo quitó. Lulu tenía unas caderas

sorprendentemente redondeadas, pequeños rizos en el vértice de los muslos y una piel tan blanca como la nieve.

Había algo conmovedor en la intensidad con la que lo miraba, como si intentara adivinar qué estaba pensando. Y Alejandro se lo habría dicho sin titubear: que era el hombre más afortunado de Escocia.

Lulu apretó los brazos alrededor del cuello de Alejandro.

–Tengo que decirte una cosa –susurró.

–¿El qué? –Alejandro intentó suavizar su tono porque en ese momento lo último que quería era hablar.

–Veo mucho cine clásico.

Alejandro la miró desconcertado.

–¿Y?

–Hay una película con Joanne Woodward y Paul Newman –se humedeció los labios–. Trata de una chica que ha intentado amar sin éxito, así que ha renunciado a los hombres.

–Vale. La veré en cuanto pueda.

Alejandro inclinó la cabeza para besarla, pero Lulu siguió hablando.

–Es inexperta.

Alejandro alzó la cabeza bruscamente y la miró a los ojos.

–¿Estás hablando de ti?

Lulu asintió con sus grandes ojos muy abiertos.

Alejandro lo había intuido en cierta medida, pero hubo algo en el hecho de que lo admitiera y en la confianza con la que lo miró, que despertó en él un asombroso deseo de protegerla.

«Te está haciendo un regalo. Está confiando en ti», pensó.

Y sintió un nudo en el estómago. Porque, ¿qué tenía él para darle a cambio? Amargura y escepticismo alimentados por la certeza de que nadie daba nada gratis.

–Es peor que ser una cosa u otra. Es como si estuvieras... atascada –musitó ella, enredando los dedos en el cabello de Alejandro–. Y estoy harta de estar atascada, Alejandro.

Eso era asumible. Si quería experiencia, él podía dársela.

–Veamos qué podemos hacer –susurró. Y deslizándose hacia abajo, le entreabrió las piernas y acercó la boca a su sexo.

Lulu se estremeció y masculló un ahogado «*non*»; pero su cuerpo no hizo caso y se derritió bajo su lengua, tal y como Alejandro había calculado que haría, hasta que Lulu se retrocedió y gimió, clavando las manos en el colchón al alcanzar un orgasmo cuyos gritos ahogó contra la almohada.

Alejandro estuvo a punto de decirle que los Baileys pensaban que estaban casados y que podía gritar sin reprimirse, pero algo en su contención le resultó extremadamente erótico.

Mantuvo sus labios donde Lulu más los deseaba hasta que las sacudidas remitieron y entonces comenzó de nuevo, hasta que las pulsantes sensaciones que sentía en la entrepierna se hicieron insoportables y solo pudo pensar en entrar en Lulu.

Se puso un preservativo y se unió a ella en la almohada, besándola con delicadeza. Lulu estaba acalorada y con la mirada perdida.

Alejandro se dijo que esa era su especialidad: trabajaba mucho, era un gran jinete y proporcionaba buen sexo. Las mujeres no abandonaban su cama desilusionadas.

Pero lo que estaba haciendo en aquel momento no era parte de eso. Él no acostumbraba a acariciar el cabello de una mujer al tiempo que la miraba a los ojos, hipnotizado por el asombro que descubría en ellos; y no se cuestionaba por qué estaba tan a gusto con ella.

–¿Estás lista?

Lulu asintió y lo besó, a la vez que él se colocaba sobre ella y le separa las piernas con la rodilla. Estaba ansioso por sentirla en torno a él, pero cuando intentó penetrarla, no consiguió abrirse camino en su húmeda cueva. Él era grande y ella pequeña, y su cuerpo no cedía.

Lulu se dio cuenta de que no lo conseguía y contuvo la respiración. Estaba tan excitada, lo deseaba tanto y, sin embargo, tuvo la certeza de que no iba a ser posible. Había algo defectuoso en ella. Se paralizó. La frustración y la humillación se dieron la mano y Lulu habría querido gritar. Su cuerpo conspiraba en su contra.

Era una inútil. Una inútil.

–Lulu –Alejandro le hizo girar el rostro hacia él para que lo mirara–. Solo tienes que relajarte susurró.

¿Relajarse? No quería relajarse. Quería sexo. Ya se relajaría cuando...

¡Oh!

Sintió que Alejandro describía círculos con los dedos en su pequeña almendra repleta de terminaciones nerviosas y la atravesó una sensación familiar, aunque más aguda e intensa al ir acompañada de Alejandro abriéndose paso hacia su interior. Sin dejar de acariciarla, él la besó. Poco a poco, Lulu fue relajando los músculos y Alejandro pudo penetrarla profundamente. Pero Lulu apenas tuvo tiempo de darse cuenta porque su cuerpo inició instintivamente una sensual danza para cobijarlo en su interior.

Él le susurró que enredara las piernas a su cintura, a la vez que la sujetaba por las caderas con las manos. Solo entonces empezó a mecerse con una extrema delicadeza, y Lulu supo que lo estaba haciendo para ella, exclusivamente para ella. Y sintió una oleada de calor en el pecho que estuvo a punto de pararle el corazón.

Él la miró entonces fijamente y, apretando los dientes, preguntó:

–¿Te estoy haciendo daño?

Ella negó con la cabeza. Intentó pensar, pero solo podía sentir. Se entregó al ritmo que estaban creando juntos y, al tiempo que se arqueaba contra los embates de Alejandro, se oyó gemir hasta que un grito prolongado escapó de su garganta y su cuerpo, tras contraerse, se relajó completamente.

Entonces Alejandro aceleró el ritmo y se movió en su interior a una velocidad creciente, en busca de su propio placer. Entonces se sacudió violentamente y Lulu, deleitándose en la pura animalidad de sus sudorosos cuerpos entrelazados, tuvo la sensación de formar una unidad con él.

Alejandro hizo un esfuerzo para no colapsar sobre ella, y cuando cayó sobre el colchón, la arrastró consigo. Entonces se descubrió abrazándola, algo que no hacía jamás. Fue entonces cuando se dio cuenta de que ella ocultaba el rostro en su hombro y se enfureció consigo mismo por cómo la había maltratado en el coche cuando Lulu se había acurrucado en su cuello.

–Cariño... –susurró, dominado por sentimientos que no reconocía ni quería sentir.

Ella alzó la cabeza y lo miró con ojos brillantes, en los que no había el menor atisbo de duda. Y entonces Lulu susurró:

–Ha sido increíble. ¿Cuándo podemos repetir?

Capítulo 8

LULU golpeó con la espalda la pared, y oyó que algo caía al suelo y se rompía.

Alejandro la colocó sobre sí y, entrelazándole las piernas a su cintura, la llenó tan plenamente que Lulu solo pudo concentrarse en el placer que le proporcionaba.

Gimió y ocultó el rostro en el cuello de Alejandro; estrechó el nudo que formaban sus brazos y alcanzó el éxtasis a la vez que con la espalda le daba a un cuadro y lo tiraba al suelo. Pero no le importó. Alejandro la echó sobre la cama y rodó a su lado, jadeante.

Lulu permaneció boca arriba, sintiendo que el aire refrescaba su ardiente cuerpo, a la vez que contemplaba el asombroso mundo que acababa de abrirse ante ella.

Se sentía saciada. El corazón seguía latiéndole aceleradamente, pero debido a la excitación y al ejercicio, no a la ansiedad; y su cerebro bombeaba todo tipo de buenos componentes químicos que le hacían sonreír de oreja a oreja.

Miró a Alejandro y vio en su rostro una satisfacción similar. Extrañamente, Lulu no sintió ninguna timidez.

–Deben encantarte los caballos –comentó, haciendo reír a Alejandro.

–¿A qué viene eso?

Lulu giró hacia él y se incorporó sobre su pecho, cuyo vello le hizo cosquillas en los pezones. Alejandro colocó la mano debajo de la nuca para mirarla mejor.

–Quiero saberlo todo de ti –dijo ella.

Conversaciones de cama. Alejandro solía evitarlas, pero descubrió que con Lulu no le importaba.

–Te puedo hablar de Luna Plateada, el semental que mi tatarabuelo llevó consigo a Argentina en el siglo XIX.

–Sí, sí.

–Según la leyenda, su sangre sigue fluyendo por nuestro actual campeón.

–¡Qué romántico! ¿Es verdad?

–No sé, pero contribuye a que nos paguen más por sus crías.

–Es una bonita historia.

Lulu sonrió con las mejillas sonrojadas y los ojos brillantes.

–¿De dónde era originario tu tatarabuelo?

–Curiosamente, de aquí, de Escocia. Se llamaba Alexander Crozier, pero le añadió el «du» al convertirse en barón.

–Eso también suena muy romántico.

–Para serte sincero, yo creo que era un estafador y que se reinventó en Buenos Aires al conocer a mi tatarabuela. Probablemente robó y sobornó para conseguir hacerse una posición y casarse con una mujer de una de las familias de más antiguo linaje de Buenos Aires.

–¿Qué te hace pensar eso?

–Digamos que, desde entonces, los du Crozier no se han hecho famosos precisamente por su moderación, princesa.

Lulu se ruborizó, y Alejandro tuvo la tentación de perderse una vez más en su dulce abrazo. Pero era consciente de que debía de estar dolorida, o lo estaría por la mañana, porque sospechaba que le había dicho una verdad a medias.

Nunca había estado con una mujer virgen, pero habría apostado lo que fuera a que aquella había sido la primera vez de Lulu, y eso le hacía sentirse en cierta medida responsable de ella.

–¿Cuándo aprendiste tú a cambiar ruedas? –preguntó, apoyándose en el cabecero y estrechándola contra su pecho–. No te pega nada.

–Tenía diez años y pinchamos. Un hombre paró y se ofreció a enseñarle a mi madre, pero ella nunca ha sido buena con cosas prácticas, así que aprendí yo.

–¿Dónde estaba tu padre?

Lulu sintió una parte de sí misma acurrucarse de pronto en un rincón. Optó por decir:

–No formaba parte de nuestras vidas –lo que no era estrictamente verdad. Aun cuando no estuviera con ellas su violenta y malhumorada presencia se había hecho sentir siempre.

–A mí fue mi abuelo quien me lo enseñó todo –comentó Alejandro, y Lulu tuvo la sensación de que empezaba a cerrarse.

Ella se relajó sobre él. No quería pensar en todo lo que los separaría por la mañana, y, además, estaba acostumbraba a mantener a la gente al margen de sus problemas.

–Mi padre tampoco estaba demasiado presente –continuó Alejandro–. Cuando aparecía, era como un torbellino de energía y de regalos. Mimaba a las chicas y a mí me llevaba a alguna loca excursión en la que alguien siempre acababa lesionado.

Lulu frunció el ceño y alzó la cabeza.

–¿Te hacía daño?

–¿Fernando? No, no. Pero nunca maduró y me arrastraba a aventuras peligrosas, en moto, en coches rápidos... Para cuando cumplí dieciséis años ya era un hombre. Y él fue siempre más un colega que un padre.

–¿Qué pensaba tu madre de eso?

–Mientras que pagara las facturas, a ella todo le daba lo mismo.

El tono que usó hizo que Lulu se estremeciera y se sintiera muy cerca de él. Ella no había contado con una figura paterna hasta los catorce años, pero Alejandro no parecía haberla tenido nunca. Ella al menos tenía una relación muy estrecha con su madre.

Alejandro continuó:

–Mis padres me usaban como un peón en sus peleas, mimándome según les interesara; fue mi abuelo quien se ocupó de mi educación.

–Pero has dicho que tu padre te enseñó a montar.

–Me subió a un caballo, lo azuzó y me dejó a mi suerte. Actuó igual con todos los demás aspectos de la vida.

Alejandro hablaba sin rencor, pero Lulu había aprendido en terapia sobre los traumas ocultos, y sospechó que aquel hombre de exterior fuerte y seguro de sí mismo, escondía al niño que había anhelado, sin éxito, conseguir que su padre le hiciera caso.

Alejandro le masajeó la nuca. Era muy táctil, y Lulu había notado que le gustaba su pelo, lo que a su vez le encantaba a ella.

–No me hagas caso, preciosa. Hablo por puro cansancio.

Pero no era verdad, y que intentara disimular hizo que Lulu se sintiera más próxima a él. Vio que se masajeaba el muslo, sobre la rodilla, a la vez que alargaba la pierna.

–Me rompí los ligamentos hace unos meses –explicó él, siguiendo su mirada–. Suelo recuperarme deprisa, pero esta vez estoy tardando más. Debe de ser la edad, o los excesos.

Lulu pensó que si estaba pagando por sus pecados, debía de ser como Dorian Gray, y que era en su retrato donde se reflejaba su envejecimiento, porque su aspecto era un himno a la belleza masculina. Pero sí parecía cansado, y la conversación sobre su familia le había dejado un gesto sombrío. Lulu intuyó que no quería seguir hablando del tema, y ella tampoco tenía interés en animarlo. Lo último que quería era pensar en sus padres. Ya tenía bastante con lidiar con las fobias y ansiedades que le habían dejado en herencia, y que la acosarían al día siguiente, como siempre.

Su único refugio era la rutina, y aquel fin de semana no podría contar con ella. Aun así, no lo estaba haciendo mal, y en aquel instante se sentía mucho mejor que bien. Tanto, que por primera vez sentía que una vida nueva era posible. Al menos por aquella noche. Nunca se había sentido tan a salvo como en brazos de Alejandro.

Bajó la mirada por su propio cuerpo. Sabía que en el mundo real se habría sentido avergonzada y se habría cubierto, pero cuando Alejandro la miraba lo único que sentía era excitación y orgullo por el deseo que veía reflejado en sus ojos.

Rodó sobre el costado y deslizó la mano por su abdomen, bajándola hasta los muslos y atrapando su sexo. Alejandro, que no lo había esperado, contuvo el aliento.

Ella alzó la cabeza.

–¿Te hago daño?

–No –dijo él, exhalando.

–*Bon,* voy a ser tan delicada como pueda. Sé lo vulnerables que sois los hombres en esta zona.

Alejandro emitió un ruido entre la risa y el resoplido.

–No tienes ni idea de hasta qué punto.

–Una vez me vi obligada a usar la rodilla. El hombre en cuestión se desplomó en el suelo como un saco de patatas.

–Me lo imagino –masculló Alejandro. Hasta que lo que Lulu acababa de decir adquirió pleno significado. Levantó la cabeza–. ¿Qué quieres decir con que «te viste obligada»?

–Quedé con un hombre que se puso un poco pesado.

Alejandro no necesitó que le aclarara a qué se refería.

–¿Cómo reaccionó?

–Aulló como una hiena.

–No, me refiero hacia ti.

Lulu se mordió el labio.

–Después del rodillazo no pudo ni hablar.

–Pero no te hizo daño..., físicamente, quiero decir.

Lulu sacudió la cabeza.

–Solo mc dijo unas cosas horribles –contestó, haciendo una mueca.

Alejandro se incorporó instintivamente y la estrechó en sus brazos. Lulu lo miró entre sorprendida y agradecida.

–Sucedió hace un año. Ya debería de haberlo superado –masculló.

–¿Por qué deberías de haberlo superado?

–No sé. No tendría que darle tanta importancia. Me dijo que era fría y superficial y que debía relajarme. Dijo que... –Lulu tomó aire–. Dijo que algunas personas abrían la puerta a la vida mientras que yo había cerrado la mía con llave, y que estaría vieja y oxidada y nadie me desearía.

–¿Y le creíste?

–No. Sí. No lo sé.

–¿Lo conocías desde hacía tiempo?

–Unas semanas. Creía que éramos amigos.

Lulu apretó los labios y Alejandro esperó, porque intuyó que iba a añadir algo.

–No tengo demasiado amigos –fue lo que dijo.

Era un comentario extraño. A Alejandro le costaba creer que Lulu tuviera problemas para resultar encantadora. Era dulce y divertida, y claramente muy leal, por lo que podía deducir de su relación con Gigi.

Le alzó la barbilla para que lo mirara y dijo:

–No era tu amigo, Lulu. Yo apenas te conozco, pero no me pareces alguien superficial y frío.

–No sabes nada de mí –dijo ella con un hilo de voz.

Eso era verdad, y Alejandro sabía que no podía hacerle falsas promesas. La única manera de conocerla mejor era volver a verla, y eso no sucedería después del fin de semana. Él no repetía encuentros. Y además, habían quedado en que sería solo una noche.

Aunque, ¿por qué?, le preguntó una voz interior. ¿Por qué no prolongarlo durante el fin de semana? De hecho, ¿por qué no volar al Mediterráneo con ella y olvidar la boda?

Podía imaginarse la respuesta de Lulu. Era una de las razones de que le resultara tan atractiva. Cualquier otra habría aceptado el plan sin parpadear. Lulu pondría el grito en el cielo y le soltaría un sermón sobre la responsabilidad de ser el padrino.

Así que la besó y ella prolongó el contacto de sus labios como si temiera que fuera a levantarse y marcharse.

Pero ni un terremoto iba a sacarlo de aquella cama. Incluso tenía la seguridad de que no conseguiría olvidar a Lulu una vez se fuera el lunes por la mañana.

–Sé que eres preciosa y generosa –dijo–, y que cuando esté jugando la Copa en Buenos Aires el próximo mes me costará concentrarme porque seguiré pensando en ti.

Sonaba a frase hecha, y así la había comenzado, pero por otro lado, Alejandro tuvo la extraña sensación de haber encontrado finalmente algo que valía la pena conservar.

Lulu sonrió, y aunque sus ojos brillaron con satisfacción, Alejandro supo que había captado el mensaje.

Solo le quedaba convencerse a sí mismo.

Capítulo 9

EL DÍA siguiente llegó demasiado pronto.

La noche anterior sus temores habían quedado escondidos, pero Lulu sabía que no tardarían en acosarla. De hecho, ya empezaban a reunirse como pájaros en un cable eléctrico, aleteando amenazadores.

Sabía que en cuanto su madre los viera llegar, llevaría a Alejandro a un rincón y le diría: «Lulu es especial. Necesita que la cuiden. ¿Eres capaz de hacerlo?»

Alejandro daría media vuelta y se iría en la dirección opuesta.

Ya había pasado antes. Julien Levolier, en la clase de ballet, el verano en el que ella iba a cumplir dieciocho años. Se había mostrado muy interesado hasta que su madre había tenido una «charla» con él. Al menos Julien había tenido el detalle de explicarle que no estaba preparado para ocuparse de alguien con problemas, en lugar de salir huyendo como los demás.

Lulu se sentó y se deleitó en la contemplación del magnífico físico de Alejandro, que miraba por la ventana, vestido y con el cabello mojado por una ducha reciente.

¿Cómo iba a estar interesado alguien como él en un problema como ella?

Además, eran prácticamente dos desconocidos y lo seguirían siendo.

Y con aquel análisis de la situación, las luces que Alejandro había prendido en su interior fueron apagándose una a una hasta que volvió a ser la Lulu dominada por la ansiedad, desnuda y súbitamente destemplada, con opciones limitadas y rígidamente marcadas.

Había llegado la hora de volver a la realidad; levantarse y vestirse.

Envolviéndose en el edredón, fue hasta Alejandro. No sabía cuál era el protocolo a seguir en aquella situación, no tenía ni idea de cómo actuar.

Él la miró sonriendo.

–Tienes que vestirte, querida.

Ella sintió un vacío en el pecho.

–Alejandro, tenemos que hablar.

–Sí –dijo él. Y la desconcertó al tomarla por la nuca y besarla.

Lulu se relajó contra su cuerpo y el edredón cayó al suelo. Cuando Alejandro la soltó, estaba temblorosa.

–Tenemos que ponernos en marcha, lucero –dijo él.

–Ah, sí... Claro –contestó ella aturdida.

Al ver que hacía ademán de taparse con el edredón, Alejandro tomó su bata y la envolvió en ella. Fue un gesto tan delicado que Lulu se sintió conmovida.

–Alejandro, quiero pedirte una cosa.

–Dime.

–Por favor, no le cuentes nada a nadie en el castillo.

Alejandro se quedó paralizado.

–¿De qué? –preguntó.

–De nosotros, de lo que pasó anoche.

–¿Por qué iba a contar nada? –preguntó él desconcertado.

–No lo sé. Es que quiero que sea algo... privado.

–Claro. Porque lo es.

Lulu se humedeció los labios.

–Me alegro de que estemos de acuerdo.

Alejandro frunció entonces el ceño.

–¿Cuál es exactamente el problema?

Lulu vaciló.

–Puesto que no vamos a vernos después del fin de semana –dijo, esquivando la mirada de Alejandro–, no quiero que la gente especule sobre lo que pudo suceder anoche.

Lo miró de reojo y él le acarició la mejilla para que lo mirara a los ojos.

–Lo que dije anoche de que solo sería una noche, Lulu... Me precipité. Claro que quiero volver a verte, preciosa.

Una espantosa desazón invadió a Lulu al pensar que cualquier otra mujer habría recibido entusiasmada aquel comentario. Pero la sensación de bienestar que aquel hombre había conseguido infundirle, estaba diluyéndose aceleradamente y siendo reemplazada por el pánico.

–No puedo –dijo, sintiendo que se ahogaba.

–¿Hay otro hombre?

Lulu sacudió la cabeza.

–Puede que tú hayas cambiado de opinión –dijo ella con la mirada esquiva–, pero yo no. Solo quería una noche.

–¿Estás segura? –preguntó él.

Lulu supo que no la creía. Probablemente porque cualquier otra mujer se habría echado en sus brazos sin titubear. El problema era que ella no era normal.

–No puedo –dijo, separándose de él–. Por favor, no me presiones, Alejandro.

Él permaneció inmóvil, observándola como si intentara explicarse por qué actuaba así. Lulu habría querido decirle que no se molestara, que la cuestión era bien sencilla: era demasiado problemática. Solo que Alejandro todavía no lo sabía.

–Intentaré hacer que cambies de idea este fin de semana –dijo él finalmente, en aquella seductora voz a la que Lulu tenía que hacer oídos sordos.

–No lo hagas, por favor. No quiero que me toques ni que me trates con la más mínima intimidad.

Sabía que podía ser malinterpretada y sintió una opresión en el pecho al ver que Alejandro la miraba como si la viera bajo una nueva perspectiva.

–Mis amigos y mi familia empezarían a hacer preguntas –añadió ella con un hilo de voz.

Alejandro se dio cuenta de que no le gustaba que una mujer lo considerara un secreto del que se avergonzaba, pero en cierto modo, se alegró de que lo decepcionara. Le serviría para recordar que no debía esperar nada bueno de ninguna mujer.

–Por favor, no me crees dificultades –insistió Lulu.

Alejandro quiso pensar que eran sus hombros desnudos, el cabello revuelto y los labios hinchados por sus besos lo que lo confundían. En cuanto volvieran al mundo real, desaparecería aquel sentimiento de ternura que lo poseía. Podía encontrar tantas mujeres hermosas como quisiera.

–Ningún problema, querida. Me has sorprendido. No pensaba que fueras ese tipo de chica.

–¿Qué tipo de chica? –preguntó Lulu incómoda.

–Las que buscan sexo de una noche.

La expresión de Lulu reflejó un genuino sufrimiento, pero se limitó a mirar hacia otro lado y no se molestó en contradecirlo. Fue entonces cuando Alejandro se dio cuenta de que había perdido su habitual dominio de sí mismo y que le habría gustado romper algo.

Se había acostado con numerosas mujeres. Pero, inevitablemente, la que le acudía a la mente cuando tenía un conflicto, era Valentina. Todavía podía ver a su exmujer, entonces su esposa, cubriéndose los senos con la sábana mientras su amante, uno de los miembros del equipo de polo, se vestía precipitadamente.

Miró a Lulu y estudió su rostro tenso, su expresión velada. ¿Qué demonios estaba pasando?

Recordó que en el avión se había comportado como el tipo de niña mimada que él evitaba como la plaga y volvió a pensar en todos los esfuerzos que había hecho para satisfacer los caprichos de Valentina. Había desperdiciado dos años por una mujer vacua, y no pensaba perder ni un segundo más por ninguna otra.

–Tenemos que ponernos en marcha –dijo con calma.

Lulu le vio actuar con un completo dominio de sí mismo, como si no acabara de romperse al ambiente mágico que habían compartido en las horas anteriores. Supuso que para él no tenía nada de excepcional, mientras que ella se sentía extremadamente emocional, extraña... y hecha un manojo de nervios.

El problema era que no podía explicarle por qué le había hecho aquella petición, por la misma razón que no le había podido explicar por qué no había cedido su asiento en el avión.

Quiso preguntar a Alejandro si había alguna otra manera de que pudieran seguir viéndose durante el fin de semana, pero se dio cuenta de que no tenía sentido. ¿Qué iba a sugerirle, que fuera a hurtadillas a su dormitorio? Alejandro se reiría de ella, o aun peor, pensaría que estaba enajenada. Era preferible que pensara que lo que había pasado no significaba nada para ella. Porque tenía que convencerse a sí misma de que era así.

Quizá en el futuro, cuando estuviera mejor, podría mantener una relación, pero todavía no estaba preparada. Y menos aquel fin de semana.

–Deberías de vestirte –dijo él con frialdad–. Ha llegado nuestro transporte.

–¿Nuestro transporte?

Lulu siguió la mirada de Alejandro hacia el exterior y estuvo a punto de sufrir un ataque de pánico instantáneo.

En lo alto de la colina había un helicóptero.

Al marcharse del hotel, Alejandro dejó un par de billetes extra para cubrir el gasto del cuadro y de la lámpara que habían roto por la noche.

La señora Bailey les dedicó una mirada risueña.

–Así que llevan poco tiempo casados... –bromeó. Y Lulu quiso que la tragara la tierra.

De haber sido una mujer normal, se habría reído. Aquella mañana habría representado el comienzo de algo maravilloso, pero no era así. Estaba completamente crispada y tras mascullar una despedida precipitada insistió en llevar su propia bolsa.

–¿Por qué ha creído que estamos casado? –preguntó a Alejandro cuando salieron.

Él le había explicado que un miembro de su personal, conduciría el coche hasta el castillo mientras ellos volaban. Alejandro tomó su bolsa y la metió en el maletero al tiempo que contestaba:

–Quizá lo ha sospechado por todo el ruido que hiciste anoche.

Y lanzándole una mirada retadora, cerró el coche y la precedió hacia el helicóptero.

El vuelo hasta el castillo Dunlosie fue corto y, afortunadamente, sin turbulencias. Pronto lo tuvieron a la vista.

El lugar al que Lulu quería llegar cuanto antes el día anterior, aquella mañana era el último sitio en el que le apetecía estar. Lo único que anhelaba hacer era encerrarse en una habitación a solas y lamerse las heridas. Pero al mismo tiempo se sentía tan frustrada consigo misma que habría querido gritar.

Contempló el imponente edificio, construido sobre unas ruinas originales del siglo XII a orillas de un lago, mientras seguía oyendo el eco de las palabras de Alejandro.

Una cosa era que estuviera enfadado con ella, y otra,

que tuviera que humillarla mencionando los gritos que había dado durante el sexo.

–Como regalo de boda, es espectacular –dijo Alejandro.

Lulu volvió la cabeza porque era lo primero que le decía desde que habían subido al helicóptero.

–¿Qué regalo de boda?

–Khaled le dio a Gigi las escrituras del castillo ayer por la noche.

Lulu se mordió el labio y se preguntó espantada si su amiga se plantearía mudarse allí.

–¿Quieres uno?

¿Qué? Lulu no supo cómo contestar. Claro que no. Pero no estaba segura de si Alejandro estaba pretendiendo provocarla o no.

Le daba lo mismo lo que pensara. Que creyera que estaba celosa, que quería lo que Gigi tenía. Aunque fuera verdad.

Era verdad.

Apartó la mirada de la severa expresión de Alejandro.

Pero lo que echaba de menos no eran bienes materiales.

¿Cómo era posible que hubieran alcanzado tal grado de intimidad la noche anterior y que sin embargo solo supieran banalidades el uno del otro?

«Porque tú lo has querido, Lulu. Así te sientes más cómoda».

Lulu acalló esa voz interior. No era culpa suya ser como era.

«Pero es conveniente, ¿no crees? Te evita profundizar y plantearte qué está pasando verdaderamente».

Lulu se tensó y sintió la familiar sensación que se asentaba en su vientre como un nudo retorcido. Para cuando aterrizaron, la sensación se había intensificado.

Y no mejoró precisamente cuando al descender del

helicóptero vio que una mujer cruzaba el prado hacia ellos. La mujer a la que menos le apetecía ver en ese momento.

El malestar le hizo dar un traspié, pero Alejandro la sostuvo y no pareció tener prisa en soltarla.

Lulu abrió los ojos alarmada. Tenía que dejarla ir. Lulu se vio asaltada por imágenes de sí misma la noche anterior, actuando con total desinhibición con él. Y su madre estaba a punto de conocerlo... Felicienne haría una escena y Alejandro descubriría la verdad sobre ella...

–¡Quítame las manos de encima! –dijo entre dientes.

Tras mirarla prolongadamente, Alejandro obedeció, aunque Lulu tuvo que desviar la mirada porque él la miró como si fuera un ser horrible.

Pero no era horrible, solo tenía un mal día.

Cuadrándose de hombros, cruzó el prado con los ojos clavados en su madre, que la miraba angustiada, como si su hija acabara de atravesar la jungla sola.

Podía imaginar a Alejandro a su espalda, alto y fuerte, precisamente el tipo de hombre que su madre rechazaba. Tenía que evitar que se conocieran. Y cuanto más rápido actuara, más posible sería evitar el choque entre dos mundos tan dispares.

Pero estaba tan temblorosa que se tropezó.

–¿Lulu?

Alejandro le había dado alcance para sujetarla, pero ella retiró el brazo como si la hubiera tocado indecentemente.

–¡He dicho que me dejes en paz! –gritó–. ¿Es que no lo entiendes?

Alejandro se tensó pero la dejó ir.

–Vale –se limitó a decir.

Fue entonces cuando a Lulu le flaquearon las piernas, y cayó sobre un montón de heno.

Capítulo 10

ESTÁ fingiendo –dijo Khaled con desdén, sirviendo dos whiskies y pasándole uno a Alejandro.

Este había pensado lo mismo, pero le molestó oírlo en labios de otro hombre.

–Tú no la has visto. Yo creo que sí le pasa algo.

Khaled escrutó su rostro y con una sonrisa cómplice, dijo:

–Así que ha sido un viaje entretenido...

Alejandro no quería hablar de Lulu, y no solo por la discreción que ella le había pedido. Quería protegerla, algo inhabitual en él.

Estaba allí para ser testigo del momento en el que su viejo amigo hacía oficial la relación que había intrigado a todo París desde que la prensa había publicado que Khaled había ganado un cabaret en una partida de cartas, y que, al mismo tiempo, una bailarina pelirroja había aparecido en su vida.

Alejandro había estado en esa partida, podía haberla ganado y haber conocido a esa mujer antes que su amigo. Pero la que ocupaba sus pensamientos tenía el cabello negro, grandes ojos marrones y unos preciosos senos coronados por pezones como frambuesas.

Se masajeó las sienes. No era solo el cuerpo de Lulu lo que lo perturbaba. Lo que verdaderamente lo alteraba era la extraña manera en la que Lulu había actuado toda la mañana... como si hubiera estado luchando contra algo que él no veía y que finalmente la había vencido.

La intervención de su madre le había hecho sentir completamente inútil, y eso eran palabras mayores para un hombre acostumbrado a mandar. Pero ¿qué podía hacer? Lulu había dejado claro que no quería tener nada que ver con él, y él conocía bien los riesgos de acudir al rescate de una mujer.

Cada vez se sentía más crispado.

–¿Y por qué no estás cuidando de ella?

Khaled parecía estar divirtiéndose.

–Su madre está con ella.

–Quizá es lo mejor. A Gigi no le gustaría que intentaras ligar con su amiga.

Alejandro se puso alerta.

–¿Por qué?

–Lulu es especial.

–¿En qué sentido? –preguntó Alejandro, sintiendo que el pulso se le aceleraba.

–Está sobreprotegida por sus padres; aislada del mundo exterior. No creo que haya tenido ningún novio.

El vaso se deslizó de los dedos de Alejandro y se hizo añicos.

Khaled enarcó una ceja.

–Vaya, vaya. Más te vale que Gigi no se entere.

–Te ha tomado en brazos y te ha traído dentro. Ha sido tan romántico... –dijo Trixie–. Ha sido como una escena de película.

–Completamente –apuntó Susie.

Lulu habría querido morirse. No recordaba nada. Al recuperar la consciencia había visto el rostro de su madre y oído a Gigi pedir que despejaran la habitación.

Afortunadamente, solo su amiga había oído el interrogatorio de su madre sobre los sedantes y su empeño en volar sola desde París.

Le costó reprimir las ganas de gritar a su madre que la dejara en paz, pero su amiga le indicó con la mirada que acudiría en su rescate y convenció a Felicienne de que fuera a preparar un té mientras Lulu y ella hablaban. Gigi siempre había tenido mucha mano para tratar con su madre.

En cuanto la puerta se cerró, Lulu intentó incorporarse.

–Lo siento, Gigi, me pondré bien enseguida.

–¡Qué tontería! No tienes de qué disculparte.

–Es el fin de semana más importante de tu vida y nada más llegar te doy problemas.

–Lu, mañana todo va a ir bien. Estate tranquila.

–¡Es el día de tu boda!

–Nos casamos en un juzgado hace seis meses. Nada puede estropear la fiesta –Gigi sonaba tan convencida que era imposible no creerla–. ¿Qué tal te ha ido con Alejandro?

–Bien –Lulu tragó saliva.

–Estaba muy preocupado cuando te has desmayado, Lu.

–¿De verdad? –a Lulu le irritó la alegría que le produjo ese comentario–. No nos hemos llevado bien –mintió–. Me ha hecho cambiar una rueda.

–¿Cómo dices?

–Tuvimos un pinchazo. Yo cambié la rueda.

Gigi sonrió.

–Me alegro de que le hayas mostrado de lo que eres capaz.

Lulu pensó en otras cosas que le había mostrado y se sonrojó. Era consciente de que Gigi estudiaba su reacción.

–¿Y anoche?

–Nos alojamos en una casa rural –dijo Lulu, mirando a otro lado.

–¿Y?

–Resultó muy cómoda.

–Lulu, ¿qué ha pasado?

–Anoche fue anoche –dijo Lulu con brusquedad–. Quiero hablar de la boda.

–¡Dios mío! –exclamó Gigi bajando la voz–. ¡Te has acostado con él!

–No –Lulu se mordió el labio–. Puede. Un poco.

–¡Lulu!

–No le des tanta importancia, soy mayor de edad.

–¿Y qué pasa a partir de ahora? ¿Estáis juntos? –Gigi no pudo disimular su alegría.

–No, solo fue una noche –Lulu no podía mirar a su amiga a los ojos.

–¿Una noche? Lulu, ¡era tu primera vez!

–No es verdad –masculló Lulu–. Ya te he dicho que perdí la virginidad con Julien Levolier, a los dieciocho años.

Al ver el escepticismo con el que la miró Gigi estuvo a punto de confesarle que se lo había inventado para que las demás chicas la dejaran en paz.

–Siempre he pensado que era mentira –dijo Gigi.

–Gigi, soy una mujer sexualmente liberada –protestó Lulu.

–No es verdad. O no lo has sido hasta ahora. ¿Por qué no vais a volver a veros?

–No es ese tipo de relación.

Gigi entornó los ojos.

–¿Eso es lo que te ha dicho?

–No, lo hemos decidido juntos –tampoco era verdad, pero la verdad se le quedó atrapada en la garganta: «Porque soy una cobarde y le he ofendido».

Gigi guardó silencio unos segundos.

–No quieres que Alejandro sepa que sufres ataques de pánico –afirmó.

Lulu pensó que Gigi la conocía demasiado bien.

–No tiene por qué saberlo –miró a su amiga a los ojos, deseando que la contradijera–. No tiene por qué saberlo nadie.

Gigi le estrechó el hombro afectuosamente, pero supo que era mejor no insistir... aunque una parte de Lulu habría querido que lo hiciera.

Entonces pasaron a hablar de la boda para relajar la tensión, pero Lulu no podía dejar de pensar en el tema. Así que en cierto momento, preguntó.

–¿Ha dicho algo Alejandro cuando me he desmayado?

–Estaba muy preocupado, Lu. Pero Felicienne le ha dicho que tenías un pequeño problema médico.

–¿De verdad? –saltó Lulu, horrorizada.

–Vas a tener que darle alguna explicación.

No pensaba decirle nada.

Las demás damas de honor le pusieron al día mientras se vestían para la cena.

–Es como un dios del polo –explicó Susie–. La gente paga una fortuna para verle jugar.

–¡Casi me da algo cuando lo he visto bajar del helicóptero! –añadió Trixie, fingiendo que se abanicaba–. En carne y hueso es increíble.

–¿Qué me dices de aquel reportaje fotográfico en el que cabalgaba por la orilla de una playa con el torso desnudo? –dijo Susie.

Hubo un murmullo de apreciación que irritó a Lulu.

–¿Cómo os sentaría que colgaran unas fotos vuestras en Internet para que los hombres salivaran con ellas? –masculló.

Susie rio.

–Es publicidad, Lu, además debe de estar acostumbrado... ¡Con el padre que tiene!

–¿Qué pasa con su padre?

–Ferdinand du Crozier era un playboy. Después de destrozar el matrimonio de una famosa actriz, se lio con su niñera. Y todo eso mientras seguía casado con la madre de Alejandro.

–Toda publicidad es buena –dijo Adele–. Además, Alejandro es prácticamente una marca. Hasta hay un equipaje con el nombre de su equipo. ¿Cómo crees que ha podido comprarse un helicóptero?

Lulu se dio cuenta de que no sabía nada de él.

–¡Seguro que es una atleta sexual! –gritó Susie desde el cuarto de baño–. Yo me habría enrollado con él.

Lulu sintió un peso en el pecho.

–Las mujeres se echan en sus brazos porque es famoso. Por muy guapo que sea, es humillante –dijo Trixie.

Lulu se sentía cada vez peor. ¿La vería así Alejandro, como una mujer desesperada, cegada por su fama?

–Sale con las mujeres más hermosas del mundo. Ninguna de nosotras le interesaría –dijo Susie, suspirando.

–Eso es verdad –dijo Adele–. Su última novia era la hija de un político inglés. Trabajaba para la ONU.

Trixie entrelazó un brazo con el de Lulu.

–¿Ya te encuentras mejor, querida?

–Sí –las demás chicas la miraban expectantes–. Estoy recuperándome de un virus –mintió.

–Yo creo que pasó algo entre vosotros –dijo Trixie mientras se iba al cuarto contiguo a cambiarse.

–No pasó nada –replicó Susie–. Recuerda que se trata de Lulu.

Una hora más tarde, con el cabello recogido en un moño victoriano, Lulu descendió las escaleras hacia el comedor, intentando calmarse con cada escalón que bajaba. Estaba segura de que Alejandro no querría saber nada de ella después de la escena que había montado al bajar del helicóptero.

Comprendía que su madre la protegiera. Después de haberse apoyado en ella cuando no era más que una niña, Felicienne quería asegurarse de que no le faltaba nada y de que estaba a salvo. Pero sus obsesivos cuidados no la ayudaban a superar sus ansiedades.

Y aquella mañana había estado tan angustiada por cómo iba a reaccionar su madre, que había ofendido a Alejandro y con ello había arruinado cualquier posibilidad de volver a estar con él durante el fin de semana. Encima, había dependido de Gigi para librarse de su madre.

Así que nada había cambiado. Y nada cambiaría si no se enfrentaba a sus miedos.

Había tomado la decisión de transformar su vida aquel fin de semana, y lo había hecho: el vuelo, la noche con Alejandro. Pero por la mañana, había vuelto a comportarse de acuerdo a sus viejos hábitos.

Se sentó a la mesa del comedor, en la silla que ocuparía durante la cena, y apoyó la cabeza en las manos.

En ese momento sonó su teléfono. Se trataba de un mensaje de su madre, que quería saber cómo se encontraba.

Lulu tuvo la tentación de tirar el teléfono contra la pared, pero oyó un murmullo a su espalda. Un grupo de hombres pasaba cerca de la puerta del comedor; aguzó el oído e inmediatamente reconoció la voz profunda y sensual de Alejandro. Inclinándose hacia un lado, lo vio pasar hacia la sala de billar, junto con Khaled y otros amigos, espectacular en un traje de etiqueta que le quedaba como un guante.

No quedaba rastro del hombre relajado e informal que le había hecho el amor con ternura, descubriéndole su propio cuerpo. El nuevo Alejandro parecía un depredador. El tipo de hombre que la habría aterrorizado si la hubiera mirado mientras actuaba en el cabaret.

Y claro que había un elemento de peligro en la intimidad física que habían compartido. Había conseguido que saliera de su habitual reserva, había sacudido los cimientos de su existencia.

Tuvo la tentación de seguirlo y hablar con él, pero, ¿para qué? Con toda seguridad Khaled ya le habría hablado de sus limitaciones, y Alejandro ya no volvería a mirarla como si lo fascinara, sino como a alguien que solo podía causarle problemas.

Fue entonces cuando Lulu se encontró sola, de pie, sintiendo lástima de sí misma. La pobre Lulu, aterrada por su propia sombra, incapacitada para conseguir aquello que quería en la vida; dispuesta a dejar que un hombre pensara que era una mimada egocéntrica para ocultar hasta qué punto su vida era patética.

Alejandro merecía una disculpa, y aunque no pudiera contarle toda la verdad, tenía que decirle algo para que al menos no se fuera pensando lo peor de ella.

Pero era mucho más fácil pensarlo que hacerlo.

Una hora más tarde, lo observaba charlando con distintos invitados, alto y guapo, con aquella sonrisa esbozada que daba a entender que él sabía algo que nadie más sabía. Pero Lulu no se sentía capaz de aproximarse y fingir un encuentro casual; y él no había hecho el menor intento de acercarse a ella.

Una mujer más decidida, se acercaría a él, lo llevaría a un rincón y se disculparía. Pero el valor que había sentido hacía unas horas la había abandonado al encontrarse entre tanta gente y ante la aparente indiferencia de Alejandro. En aquel instante tenía la sensación de que la sala se hacía pequeña, opresiva.

Tenía la piel fría, le temblaban las manos y para empeorar las cosas, su madre no dejaba de mirarla con cara de preocupación.

Hasta ese momento había conseguido evitarla, circulando por la sala con una copa de champán como una buena dama de honor, asegurándose de que todo iba bien, saludando a los invitados. Para cuando se sentaron a cenar, era un manojo de nervios.

Se atrevió a mirar de soslayo a Alejandro una vez más, al tiempo que Gigi anunciaba, cuando iban por el tercer plato, que habían organizado juegos para el fin de semana.

Entre las risas y comentarios de la gente, Lulu se sobresaltó al ver que Alejandro la miraba. Fue apenas una ráfaga y sus ojos, en la tenue luz de la sala, le resultaron inexpresivos, aunque por una fracción de segundo le pareció un leopardo reposando con aparente languidez en la rama de un árbol, a punto de saltar sobre su presa.

Lulu vio que Susie, actuando como lo hacían las mujeres que sabían coquetear, le tocaba el brazo, se inclinaba provocativamente hacia él y le decía algo que le hacía reír. Y en ese momento se dio cuenta de que no había calculado que durante todo el fin de semana tendría que soportar ver aquella escena repetidamente.

Los invitados estaban pasándose un sombrero, pero Lulu estaba tan abstraída que no prestó atención. Mecánicamente, metió la mano y sacó un papel doblado que se molestó en abrir.

–Hay cuatro equipos –explicó Gigi–, y solo encontraréis el premio si resolvéis las pistas en orden consecutivo. Hay un límite de tiempo, así que... ¡En marcha!

Las sillas resonaron al ser arrastradas, se formaron parejas. La gente se llevaba las copas de champán. Había un rumor de risas, un gritito resonó cuando una joven fue tomada en brazos por su pareja... Iba a ser ese tipo de juego.

Lulu vio que su madre le decía algo a su padrastro y que la buscaba con la mirada. En cuestión de segundos le propondría que se uniera al grupo de los mayores, como si fuera una niña en lugar de una mujer de veintitrés años.

Vio que Susie tomaba una botella de champán; se estaba preguntando con quién pensaba bebérsela, cuando una mano la tomó por el codo.

–Ven –le dijo una grave voz familiar al oído–. Podemos ganar.

Alejandro bloqueó la visión de Lulu con su cuerpo y tiró de ella hacia el flujo de invitados que abandonaban la sala.

–Pero tú eres morado y yo, rosa –dijo ella con el corazón acelerado, aunque sabía que eso era lo de menos.

Alejandro le quitó el papel, lo rompió en trocitos y lo lanzó al aire como si fuera confeti.

–Problema resuelto.

Lulu sintió que la esperanza estallaba en su interior como una bola de luz.

Alejandro la condujo escaleras arriba, tan pegado a su cuerpo que Lulu podía sentirlo como un escudo protector. Miró hacia arriba para asegurarse de que no estaba soñando, y entonces Alejandro le hizo entrar en una biblioteca y cerró la puerta.

Lulu estaba segura de que no la había llevado allí por las mismas razones que la demás parejas que se escondían por los rincones del castillo. Tenía que aprovechar la ocasión para disculparse.

–Alejandro...

Él avanzó hacia ella hasta que quedó atrapada contra un escritorio y Lulu tembló de emoción. Y si sí la había llevado allí con *esa* intención...

–Si quieres que siga siendo tu secreto inconfesable, lo acepto–dijo él en tono severo.

Lulu se sintió avergonzada al sentir una húmeda sensación en la parte baja de la pelvis.

–No se trata de eso –musitó.

–Entonces, ¿cuál es el problema, Lulu?

–No quiero que sigas deseándome, eso es todo.

Lulu temió que la partiera un rayo por mentir. Claro que quería que la deseara. Desesperadamente.

Alejandro, se inclinó hacia ella.

–Entonces tenemos un problema, porque sigo deseándote.

A su pesar, Lulu emitió un gemido. Alejandro pegó sus caderas a las de ella, haciéndole sentir su erección.

–¿Tienes miedo a que nos encuentre tu madre? –preguntó con sorna.

«Desde luego que sí».

–Claro que no. Soy una mujer madura.

–Pues compórtate como si lo fueras.

La estaba retando. Y Lulu pensó que dejarse seducir le serviría como ruta de escape. Si hacían el amor, Alejandro no le haría preguntas. Y ella tendría una última oportunidad con él. Tenía por delante infinitas noches de soledad. Por qué no dejarse llevar. Luego se disculparía y todo volvería a la normalidad. Al menos, a su normalidad.

Sobrepasada por la frustración, tiró de la camisa de Alejandro. Uno de los botones de nácar saltó; luego otro. Y Lulu se la abrió de un tirón.

El sonido de la tela al rasgarse la sobresaltó.

Pero aparentemente, a Alejandro le gustó que le destrozara la ropa, porque la alzó sobre el escritorio y le subió la falda.

Luego le acaricio los muslos con la determinación de tomarse su tiempo. Eran tan largos y suaves como él los recordaba... y no había dejado de pensar en ellos. Su aroma a violetas y a mujer despertó sus sentidos.

En aquella ocasión llevaba ropa interior de satén color vainilla y un liguero celeste. Alejandro nunca había sentido ningún fetichismo por la ropa interior femenina, pero claramente lo afectaba, o al menos la mujer que la llevaba puesta. Sonriendo, deslizó los dedos por debajo del satén para acariciarla.

El pecho de Lulu se movió al ritmo de su respiración agitada y de sus labios escapó una exclamación ahogada.

La boca de Alejandro buscó la suya, y la sujetó por las caderas para encajarla contra su pelvis. Lulu gimió y se meció contra él.

Alejandro levantó las manos hasta su precioso cabello, pero ella sacudió la cabeza.

–No, no –musitó.

–¿Por qué?

Lulu lo miró y dijo en tono serio.

–No quiero que me estropees el peinado.

Alejandro estuvo a punto de soltar una carcajada. Lulu le hacía reír. Cuando estaba con ella se sentía libre.

–Voy a pasar la noche con Gigi y las chicas, y no quiero que lo sepan.

Lulu hizo una mueca como si se diera cuenta de lo que acababa de decir: que seguía queriendo mantener el secreto. Pero en ese momento a Alejandro le daba lo mismo. Ya lo aclararían en otro momento.

Le soltó las ligas y le quitó las bragas. Luego se desabrochó el pantalón precipitadamente y deslizó la mano por el muslo interior de Lulu hasta encontrarla tan húmeda y lista, que Alejandro estuvo a punto de sufrir la humillación de perder el control en aquel mismo instante. Lulu temblaba, y supo que lo deseaba tanto como él a ella.

El olor a almizcle de su sexo se mezclaba con el olor de los libros, de los muebles de cuero y del aroma a albaricoque del cabello de Lulu. Recordó ponerse un preservativo antes de colocarse en la entrada de su cueva y penetrarla.

Lulu le mordió el hombro, y lo siguiente que escapó de sus labios resultó confuso, pero Alejandro supo que había hecho diana en el punto preciso de placer por la forma en que se aferró a él.

–Eres como seda caliente –dijo él entre dientes, al tiempo que ella entrelazaba las piernas a su cintura–. Lulu, eres tan hermosa... Llevo todo el día pensando en esto.

–Yo también.

Alejandro se arqueó sobre el escritorio para adentrarse más profundamente en ella. Con cada movimiento la miraba más intensamente a los ojos, buscando la expectación que había encontrado en ellos la noche anterior, y encontrándola, centelleante como una aurora boreal.

Sabía que no aguantaría, y en cuanto la sintió contraerse en torno a él, dio un último empuje y llegó al clímax con ella.

Lulu se colgó de él, laxa; y Alejandro se dio cuenta de que el resentimiento que había sentido hacia ella las últimas horas se había evaporado.

Solo sentía una maravillosa satisfacción.

Lulu era suya.

Ella seguía con la mirada perdida, y Alejandro se sintió halagado en su virilidad por dejarla en aquel estado.

–¿He hecho demasiado ruido esta vez?

Alejandro recordó lo que le había dicho cuando estaba enfadado y se sintió culpable.

–Adoro los ruidos que haces –dijo con voz ronca, acariciándole la mejilla.

Lulu esbozó una encantadora sonrisa y Alejandro carraspeó.

–¿Por qué no seguimos viéndonos? –añadió.

–¿Te refieres al fin de semana?

Era la primera vez que Alejandro conocía a una mujer que quería terminar algo incluso antes de que empezara. Con cualquier otra, le habría encantado, pero con Lulu quería más.

–Podemos ir viéndolo –para entonces Alejandro la conocía lo bastante como para saber que era mejor no presionarla–. Solo sé que no quiero acabar aquí –le acarició los labios–. Ha sido increíble.

–A mí también me gustaría, pero...

–Lulu –interrumpió Alejandro–, deja de complicar lo que es bien sencillo.

Lulu sintió una opresión en el pecho. ¡Ojalá le resultara tan fácil!

Alejandro no sabía que cuanto más tiempo pasaran juntos, más posibilidades había de que descubriera que no era normal. Aun así, eran solo cuarenta y ocho horas... Siempre que evitara que conociera a su madre.

–¿Puedo tomar tu silencio como un sí?

Alejandro vio que el rostro de Lulu se relajaba y volvió a sentir una extraña emoción.

–*Oui* –dijo ella finalmente.

Y Alejandro se asombró de sentirse exultante.

Entonces Lulu giró la cabeza como si aguzara el oído y se quedó inmóvil. Alejandro tardó unos segundos en oír voces aproximándose.

Lulu se arregló el vestido apresuradamente mientras

Alejandro se decía que no pensaba dejarle pasar la noche con un grupo de chicas. La pasaría con él.

Iba a decirle que había cerrado la puerta con llave cuando Lulu le tapó la boca y con una expresión adorable, susurró:

–Me encanta que seas mi pareja en la boda. Nos vemos mañana.

Y se escabulló.

¿Su pareja en la boda? Las cosas se complicaban.

Alejandro iba a seguirla, pero al bajar la mirada para quitarse el preservativo se quedó paralizado.

La preocupación de tener que explicarle a Lulu que ya tenía pareja para la boda, alguien que llegaría al día siguiente, se desvanccić.

Tenía un problema más acuciante.

El látex se había roto.

Capítulo 11

LULU se vestía para el gran día con la felicidad de saber que tenía pareja para la boda.

Hasta ese momento no había sido consciente de que le importara ser la única dama de honor que no la tenía, pero era evidente que sí le había afectado.

Y era más que eso. Había dado un gran paso adelante con Alejandro, y estaba asombrada de sí misma.

Hizo una pirueta en medio de la habitación.

Tenía una cita, tenía una cita. Alejandro era su cita.

Entrelazó las manos, consciente de que estaba comportándose como una adolescente, pero no podía evitar preguntarse por primera vez en su vida qué pasaría si se atreviera a contarle a Alejandro la verdad.

Fue a la capilla con las demás chicas más segura y feliz de lo que se había sentido nunca y recorrió el pasillo levitando, mientras buscaba con la mirada a Alejandro.

Aunque los demás invitados concentraban su atención en la novia, que la seguía a unos pasos, Alejandro clavaba los ojos en ella. Y Lulu supo que había hecho bien al decidir contarle la verdad.

Pero aquel era el día de Gigi. Tendría que esperar.

En cualquier caso, no se presentó la oportunidad. Tras la ceremonia tuvo lugar la sesión de fotografías y solo cuando esta acabó, Lulu besó a Gigi y fue en busca de Alejandro.

Pero cuando lo localizó, él estaba circulando entre los invitados y una mujer rubia vestida de amarillo se acercó a él y le tendió la mano. Alejandro la tomó y ella, inclinando la cabeza hacia él, le dijo algo con una evidente complicidad.

–¿Quién es la mujer que está con Alejandro? –preguntó Lulu a Adele.

–Su acompañante –dijo Adele, antes de seguir hablando con el suyo.

Y la visión de Lulu de un futuro mejor, esperanzador y luminoso, se rompió en mil pedazos.

Por primera vez en su vida, creyó que iba a montar una escena. Pensó en subirse a una mesa y estrellar la vajilla contra la pared. Sentía la adrenalina recorrerle la sangre. Pero no podía hacerle eso a Gigi. Se sentaría entre su madre y su padrastro y fingiría estar bien.

Era consciente de estar volviendo a encerrarse en su madriguera. Había oído a las demás chicas hablar de sus relaciones con hombres que no volvían a llamarlas o que estaban casados o comprometidos, y siempre se había sentido superior pensando que eso no le pasaría nunca a ella. Pero acababa de sucederle.

Cualquier otra mujer lo habría intuido. ¿Cómo podía ser tan estúpida?

Su inseguridad habitual la iba poseyendo por segundos. ¡Era patética!

Pero detuvo a tiempo su descenso hacia la autoflagelación.

«No, no eres patética. Deja de castigarte. Has hecho muchos progresos este fin de semana. Has volado sola, has cumplido como dama de honor; y el lunes volverás a París y empezarás el curso que va a cambiar tu vida».

Fue un alivio que empezaran los discursos. Por más que intentara ignorar a Alejandro, fue el primero, como padrino, en dedicar unas palabras a los novios. En segundos, tenía a los invitados en la palma de la mano. Hizo un despliegue de ingenio. Gigi lloraba de risa... Y a pesar de su enfado, Lulu se alegró de que su amiga estuviera disfrutando tanto.

Cuando Alejandro se sentó, le lanzó una mirada insistente, pero ella miró hacia otro lado. Hasta que se dio cuenta de que había olvidado el vals.

Al ver que Khaled y Gigi salían a la pista, quiso morirse.

Lulu inclinó la cabeza, aterrorizada. Iba a ser la única dama de honor de la historia que se quedaba contando margaritas.

–Lulu.

Alejandro estaba a su lado y le tendía la mano. Lulu habría querido apartársela de un manotazo, pero también quería asirse a ella como a un salvavidas.

Finalmente la aceptó, aunque clavándole las uñas.

Alejandro posó la otra mano en su cintura, y Lulu sintió revolverse en su interior toda la rabia que había reprimido.

Alejandro no parecía tener el menor problema.

–Sé que estás enfadada conmigo, Lulu, pero tenemos que hablar en privado.

Lulu sintió unas súbitas ganas de llorar.

–Puedes decirme aquí lo que sea –dijo, admirándose de que la voz no le temblara–. No pienso volver a verte a solas.

Alejandro le presionó la cintura con la mano y por un instante Lulu tuvo la absurda idea de que iba a echársela sobre los hombros y raptarla.

–El preservativo se rompió.

Lulu estaba tan ocupada sintiendo lástima de sí misma que tardó en entender qué tenía que ver eso con ella. Hasta que las palabras estallaron en su cabeza como fuegos artificiales.

–¿Cómo? –preguntó entre dientes.

–A veces pasa. Raramente, pero hemos sido la excepción.

Lulu no fue consciente de haber dejado de bailar. Solo se dio cuenta de que estaban parados en mitad de la pista mientras las demás parejas giraban en torno a ellos.

–¿En qué momento del ciclo estás? –preguntó Alejandro, mirándola fijamente.

–No lo sé.

–Piensa.

A Lulu no le gustó el tono de Alejandro, pero intentó recordar.

–Soy bailarina... Mis periodos son muy irregulares.

–¡Genial!

Definitivamente, Alejandro estaba usando un tono de voz desagradable. Y seguían en mitad de la pista de baile.

–Estoy en la primera semana –dijo finalmente.

–Eso sería lo mejor; es menos probable que seas fértil durante los días que siguen al periodo.

–¿Desde cuándo eres un experto en el tema? –dijo Lulu con un timbre agudo.

–Desde que he estado informándome en Internet porque he pasado la noche en blanco –mascullló él–. Si estás embarazada, tienes que decírmelo.

Que ella hubiera estado esperando anhelante volver a verlo, mientras él solo pensaba en hablar con ella para informarse de su calendario de fertilidad, le pareció un cruel sarcasmo.

–¡Menudo príncipe azul has resultado ser! –mascullló. Y, dando media vuelta, atravesó la sala hacia la salida.

Ni siquiera le importó que la gente la mirara.

Una vez fuera, echó a correr hasta que se topó con una gran puerta cerrada. Cuando la abrió se encontró en el apacible ambiente de la biblioteca y su mente se vio asaltada al instante por imágenes de la noche anterior.

–Lulu, no puedes huir de esto. No puedes actuar como si no estuviera pasando.

–¿Crees que no lo sé?

Lulu retrocedió hacia una mesa y se asió a los bordes, lo que solo sirvió para intensificar el recuerdo de la noche anterior.

–¿Qué clase de hombres eres? –sin dar tiempo a que Alejandro respondiera, continuó–: Ahora lo sé. Pasas de una mujer a otra, como una abeja. Solo que en lugar de extraer polen, dejas el tuyo.

–¿De qué estás hablando?

–¡Eres un mujeriego, como tu padre!

¿De dónde había sacado eso Lulu? ¿Dónde lo había leído?

–No sabes nada de mí, Lulu, y aún menos de mi padre.

–Ya lo sé... Y ahora resulta que puedo estar embarazada de un hombre con el que no estoy casada. ¿Cómo quieres que reaccione?

–En primer lugar ¿qué te parece si dejas de gritar?

–No estoy gritando –gritó Lulu. Luego bajó la voz y dijo entre dientes–: ¿Qué vas a hacer al respecto?

En retrospectiva, Alejandro supo que jamás debería de haber pronunciado aquella frase:

–Ya he hecho lo que me tocaba.

Lulu pareció a punto de abofetearlo, pero Alejandro cometió el error de sonreír.

–¿Te parece gracioso?

Lulu estaba furiosa. Parecía un volcán a punto de entrar en erupción.

Y Alejandro se sintió... extrañamente tranquilo. Por primera vez en todo el día se sentía bien porque estaban hablando.

Bajó la mirada a las manos de Lulu, que esta había posada sobre su vientre como si subconscientemente intentara evitar que una semilla germinara en ella y frunció el ceño. Su intención no había sido ni mucho menos intentar dejarla embarazada y, sin embargo, ella lo miraba como si lo hubiera hecho.

De pronto Alejandro tuvo la visión del vientre de Lulu distendiéndose y de una criatura creciendo dentro de ella...en París.

Que su mente divagara por esos derroteros le hizo reconsiderar la situación.

París era una ciudad enorme y ni siquiera sabía dónde vivía Lulu. Podría averiguarlo por Khaled, pero no quería que intervinieran terceras personas. Era un asunto entre ellos dos.

Lulu dio media vuelta hacia la puerta.

–¿Dónde vas? –preguntó él.

–Donde tú no estés –dijo ella, girando al cabeza por encima del hombro.

–Ni lo sueñes, querida.

Alejandro la sujetó por la muñeca y cuando ella lo miró, Alejandro pudo percibir el pánico que había en sus ojos. Su sorpresa fue tal que ni reaccionó cuando ella le lanzó un codazo que le dio en el mentón.

El dolor irradió desde la cara hacia el cuello, y cuando se le aclaró la visión, Lulu no estaba a su lado... Y entonces vio su rodilla, pequeña y puntiaguda, temblando. Estaba acurrucada detrás del escritorio.

–¿Lulu? –susurró, acercándose lentamente para no asustarla.

Se abrazaba a las rodillas, en estado de shock.

–Lo siento, lo siento –dijo–. Perdona. No ha sido a propósito.

Alejandro le tendió la mano, que ella aceptó tras una breve vacilación.

–¡Te he pegado! –dijo con voz quebradiza. Estaba temblando de pies a cabeza.

–Ha sido un acto reflejo –dijo él, que quería consolarla,

pero que evitó abrazarla. Era evidente que algo la había asustado, y a Alejandro no le gustó lo que creyó intuir.

Lulu alzó la mano hasta su barbilla y se la acarició.

–Vas a tener un hematoma.

–No pasa nada, Lulu –él puso la mano sobre la de ella, que no la retiró.

–Sí que pasa. ¿Qué clase de demente pega a alguien?

Lulu lo sabía bien. Los recuerdos del pasado la asaltaron: su padre asiendo a su madre y sacudiéndola; sin dejar nunca marcas que pudieran delatarlo... Excepto las que le quedaban en las muñecas, y que su madre escondía convenientemente.

–Lulu... –Alejandro la estaba llamando...

Ella alzó la cabeza con la mirada extraviada.

–Lulu, ¿qué te pasó? –peguntó él con una intensidad que la ayudó a centrarse.

–No puedo hablar de ello –dijo, sacudiendo la cabeza.

Y era verdad, pero aun así se asió con fuerza a los brazos de Alejandro, aunque no tuviera sentido que buscara apoyo en el hombre que había sumido su vida en el caos. Pero también le hacía sentirse como una persona más fuerte, como la Lulu que podría llegar a ser algún día.

Un hombre que había llevado de acompañante a la boda a otra mujer. Lulu retrocedió, secándose los ojos y la nariz con el dorso de la mano, como una niña.

–¿Por qué no te vas a bailar con tu novia y me dejas en paz? Ya te diré si hay... consecuencias.

–Madeline no es mi novia. Es mi comodín –dijo Alejandro con firmeza.

–¿Tu comodín?

–Es una vieja amiga. Nunca ha habido nada entre nosotros, Lulu. La invitación era para dos, se trata de una boda con invitados importantes, y Madeline me preguntó si podía acompañarme.

Lulu lo miró perpleja.

–Te lo iba a decir anoche, pero saliste corriendo –Alejandro dio un paso hacia ella.

–¡*Non*! ¡No te acerques! –Lulu lo miró con ojos centelleantes.

Alejandro se detuvo y se pasó la mano por el cabello con gesto de frustración.

–¡Dios, qué lío! –exclamó.

Lulu estaba de acuerdo. Al menos en eso coincidían.

–Tienes que tomar anticonceptivos.

–¿Perdona? Eso no es asunto tuyo –dijo Lulu escandalizada.

–Claro que lo es. Podrías estar embarazada. Es lo que pasa cuando se tiene sexo sin protección.

–Puesto que no pienso volver a mantener relaciones, no tiene por qué ser un problema. –dijo Lulu con voz temblorosa–. Vivía muy contenta aislada del mundo hasta que has aparecido tú y lo has estropeado todo.

Alejandro la observó con el ceño fruncido.

–¿A qué te refieres con «aislada del mundo»?

–No quiero hablar de ello –Lulu apretó los labios y miró en otra dirección.

–¡Dios, sabía que eras virgen! –exclamó él entre dientes.

Esa fue la gota que colmó el vaso.

–¡Qué listo eres! Te mereces una medalla.

–Lulu...

–Pues no era virgen –dijo ella manteniendo la mirada fija en la pared–. ¿Cuántas veces voy a tener que explicar a la gente que perdí la virginidad a los dieciocho años? Lo que pasa es que luego no he tenido más relaciones.

–¿Y por qué demonios decidiste retomarlas conmigo? –Alejandro sonó herido, como si Lulu le importara verdaderamente.

Y eso era aún peor, porque Lulu pensó que era un truco.

–Esa es la pregunta del millón –exclamó, aunque lo que en el fondo quería era que Alejandro no hiciera caso a sus palabras y la abrazara–. ¿Por qué no me llamas cuando lo averigües?

Haría las cosas bien.

Alejandro sujetaba un whisky en la mano mientras miraba por la ventana. Aunque había corrientes y estaba en mangas de camisa, la adrenalina le recorría con tanta furia las venas que no sentía frío.

Lulu lo desconcertaba: marcaba límites que le exigía que se saltara; le ponía condiciones. Era una pesadilla. El tipo de mujer que evitaba.

Excepto que era diferente... le faltaba la pieza del puzle con la que completar la imagen.

No podía borrar el recuerdo de Lulu acurrucada tras el escritorio, escondiéndose. Se preguntaba si era por el acoso del que le había hablado. Quería liberarla de sus miedos y, sin embargo, hacía años que había decidido que nunca asumiría la responsabilidad de la felicidad ajena.

Pero lo que era más acuciante era: ¿cómo iba a ocuparse de un bebé?

Claro que todavía no era una realidad. Aun en el caso de que Lulu estuviera embarazada, cabía la posibilidad de que no quisiera llevar el embarazo adelante. Y eso despertaba en él todo tipo de sentimientos encontrados. Siempre había defendido el derecho de las mujeres a decidir, pero acababa de descubrir que no lo tenía tan claro cuando afectaba a un potencial hijo suyo.

¿Se había sentido así su padre respecto a los hijos que había tenido fuera del matrimonio con su madre?

Pero su situación no tenía nada que ver con la de su padre. No era como él.

Una cosa era que no viviera como un monje y que le gustaran las mujeres; pero no permitiría que interfirieran en su pasión por los caballos y por el engrandecimiento de un patrimonio que su padre prácticamente había dilapidado con sus relaciones extramatrimoniales y sus hijos ilegítimos.

Él no tendría un hijo ilegítimo.

Pero no era la persona más adecuada para cuidar de nadie. Cada vez que había intentado ayudar a su madre, esta lo había rechazado. Su breve matrimonio cuando apenas había salido de la adolescencia, había fracasado casi desde el principio. En su vida de adulto había erigido una pared para protegerse de los demás y mantenerlos a distancia.

Aun así no podía mantener a distancia a un hijo, ni continuar con su vida como si no existiera.

Él sabía bien el efecto emocional que tenía crecer sin el amor de unos padres.

Por eso mismo tenía claro cómo debía de actuar. Lulu pasaría con él las siguientes semanas en Buenos Aires. La instalaría en un hotel agradable, la trataría como a una reina, estaría con ella en la prueba de embarazo y, si salía positiva, tomarían decisiones acordadas.

Pero había una cosa segura: si Lulu estaba embarazada se casaría con ella y asumiría las consecuencias.

Capítulo 12

LA MAYORÍA de los invitados se había marchado la noche anterior, después de que los recién casados partieran a su luna de miel en las islas Seychelles. Los demás hacían los últimos preparativos para irse, y Alejandro encontró a Lulu despidiéndose de las demás damas de honor en la sala contigua al vestíbulo.

Madeline se había marchado hacía horas con uno de los amigos del novio.

Mientras que todo el mundo vestía informalmente, Lulu llevaba otro de sus elegantes vestidos años cincuenta, de color frambuesa y manga larga. Con su estrecha cintura, sus redondeadas caderas y el respingón trasero, estaba irresistible.

Llevaba el cabello recogido en un moño, con unas horquillas que brillaban como luciérnagas contra su cabello negro.

Pero cuando se volvió, Alejandro vio que ocultaba los ojos tras unas gafas de sol. En Escocia. En el interior. Y supo que le seguía etiquetado como «bastardo».

Como la cosa no podía empeorar, se planteó echársela sobre el hombro y llevársela consigo. Pero, dadas las circunstancias, llamar la atención no era lo más conveniente.

La apartó hacia un rincón.

–He estado informándome. Puedes hacerte la prueba el primer día en el que debería empezar tu próximo periodo. Según tú, es en tres semanas.

No podía ver los ojos de Lulu. Pero la forma en que frunció sus labios sirvió de contestación.

–Quiero que vengas a Buenos Aires conmigo. Haremos la prueba y decidiremos juntos.

–¿Haremos? Que yo sepa seré yo quien haga pis en un palito.

Alejandro dedujo que Lulu se había preparado para defenderse, y supo que no le iba a resultar fácil convencerla.

–Si te hace sentir mejor, hermosa, yo también haré pis en solidaridad contigo.

Los labios de Lulu volvieron a darle la pista de lo que pensaba.

–Te instalaré en un hotel –Alejandro siguió en tono conciliador–. Buenos Aires tiene muy buenas tiendas para ir de compras.

Lulu lo miraba perpleja. Había llorado casi toda la noche. Por eso llevaba las gafas. Pero al ver a Alejandro el corazón le había dado un salto y había ansiado que le dijera algo que le hiciera sentir mejor.

En lugar de eso, la llevaba a un rincón y le decía lo que debía hacer. Y no por ellos, sino por un supuesto embarazo. Y todo porque temía tener la mala suerte de asumir la responsabilidad de una chica a la que había conocido de camino a Dunloise.

Así que, en lugar de tomarse la molestia de ir a París a visitarla, quería que ella pusiera su vida en pausa y fuera con él a Buenos Aires.

¿De verdad la consideraba tan frívola como para intentar seducirla con unas compras?

Lulu se enfureció.

–¿Por qué demonios iba a ir a Buenos Aires?

–Porque tengo que trabajar y tenemos un problema.

–¡Yo también tengo que trabajar!

–La temporada del cabaret ha terminado –al ver la

cara de sorpresa de Lulu, Alejandro explicó–. Me lo dijo tu amiga rubia. Tienes el próximo mes libre –miró el reloj–. Salgamos de aquí.

–¡No! –Lulu se cruzó de brazos–. No voy contigo a ninguna parte. Haré la prueba y te dejaré saber si te afecta.

–¿Qué quieres decir con eso?

–Que no te necesito a mi lado –Lulu alzó la barbilla, alegrándose de llevar las gafas–. No pienso dejar que me acoses y me digas lo que tengo que hacer.

–¿En qué medida te he acosado?

–Espiándome y preguntando por mi agenda. No tenemos una relación, sino un problema, Alejandro. Y puedo ocuparme de él.

Alejandro la observó prolongadamente. Luego pareció tomar una decisión y, sonriendo con frialdad, dijo.

–Tienes razón, Lulu, no tenemos una relación.

Esta sintió un nudo en el estómago.

–Llámame si tenemos un problema –concluyó Alejandro. Y dando media vuelta, se alejó.

Lulu se quedó mirándolo desilusionada. ¿Qué le estaba pasando? Eso era lo que quería, ¿no? Alejandro pretendía controlarla. Hasta había sonsacado información a Susie sobre su calendario.

Lulu parpadeó. Quizá estaba equivocada. Dos noches atrás, Alejandro no había tenido ningún motivo para interesarse en sus fechas. Se mordió él labio. A no ser que estuviera interesado en ella.

–*¿Chérie?*

Su madre se acercaba a ella con la cara de angustia que acostumbraba a dedicarle y que Lulu empezaba a encontrar insoportable.

–Me vuelvo a casa –dijo, acercándose a la ventana–. Tú deberías quedarte para jugar al golf con Jean-Luc.

–¿Por qué no vamos juntas a Londres a ver un musical e ir de compras? Así podré cuidarte.

Lulu estaba viendo a Alejandro cruzar el patio a paso ligero. Cerró los ojos momentáneamente, intentando acallar las palabras de su madre. Y de pronto se vio a sí misma, encerrada en un cuarto de baño en Londres, haciendo una prueba de embarazo, con su madre en la habitación contigua.

Dio media vuelta, besó a su madre y dijo:

–Te quiero, mamá, pero tengo otros planes.

–¡Lulu!

Lulu tomó la bolsa de mano y corrió hacia el patio tan deprisa como le permitieron sus tacones.

–¡Alejandro, espérame! –gritó cuando él estaba ya cerca del helicóptero

Él se detuvo y se volvió. Cuando Lulu llegó a su lado, preguntó:

–¿Por qué le preguntaste a Susie por mi agenda? –gritó ella por encima del ruido de la hélice.

–Porque quería salir contigo.

Por fin decía las palabras que Lulu quería oír.

–Voy contigo –anunció. El aire que levantaba la hélice estaba estropeando su peinado–. ¿Qué piensas?

–Te aseguro que no quieres saber lo que pienso, querida –Alejandro señaló el helicóptero con la cabeza–. Sube.

Lulu subió echa un manojo de nervios, pero ya no había marcha atrás.

Ya había despegado cuando miró hacia abajo por primera vez y vio a su madre, a Trixie y a Susie, mirando atónitas y saludando frenéticamente con la mano. Lulu devolvió el saludo y le alivió estar alejándose y no tener que enfrentarse a su interrogatorio. Pero al volverse hacia Alejandro, sintió un peso en el pecho.

Tantas cosas podían ir mal...

Alejandro la estaba mirando como si la tuviera exactamente donde quería. Y Lulu pensó que si estaba así de preocupado por la posibilidad de haberla dejado embarazada, aun le quedaba descubrir la verdad sobre ella.

Pero estaba segura de que solo era cuestión de tiempo que la averiguara.

Alejandro sabía que si dejaba de presionarla, ella misma tomaría la decisión. Y había acertado.

Habían llegado al hotel Four Seasons, en Buenos Aires, a tiempo para dejarla instalada y luego acudir a sus reuniones, antes de emprender el viaje hasta la hacienda.

Como era lógico, permanecerían en contacto. De hecho, podían cenar juntos y hablar de las opciones que tenían. Lo importante era tenerla cerca y saber al instante si estaba o no embarazada.

Lo que no explicaba por qué la acompañaba con tanta inquietud hasta la puerta del hotel. Tal vez se debía a que Lulu no dejaba de mirarlo con ansiedad.

–Aquí estarás bien, querida. Solo tienes que llamar para que te atiendan.

Lulu guardó silencio, pero en cuanto entraron en el vestíbulo le tomó la mano.

Fue un gesto mínimo, pero Alejandro lo recibió como si lo atravesara un rayo, y recordó la ocasión en que había pensado en su corazón como un pájaro atrapado.

Sin mediar palabra, dio media vuelta y arrastró a Lulu consigo. Era consciente de estar actuando irracionalmente, pero aquella pequeña mano en la suya había tocado un nervio vital en su interior

–¿Qué haces? –preguntó Lulu, ya en el exterior.

–Vamos a visitar la ciudad.

–¿De verdad? –preguntó Lulu con una sonrisa radiante.

Alejandro le miró los zapatos.

–¿Puedes caminar sobre eso?

Ella lo miró con arrogancia.

–Olvidas que soy una vedette y bailo sobre tacones.

Sí que lo había olvidado. Alejandro no lograba imaginársela sobre un escenario, con un biquini mínimo y plumas.

–¿Dónde vamos? –la voz de Lulu lo sacó de sus pensamientos. Al ver que Alejandro dudaba, añadió–: No tenemos por qué ir a ningún sitio. A no ser que esto sea una cita o algo así...

Una cita era precisamente lo que no habían tenido. Alejandro se había saltado todos los pasos del cortejo y quizá la había dejado embarazada. Podía imaginar los titulares: *De tal palo tal astilla.*

Pero él no era como su padre.

Apretó la mano de Lulu.

–Sí, es una cita formal.

Ella esbozó una sonrisa.

–Estamos en tu ciudad. ¿Dónde me llevas?

Alejandro le enseñó el centro histórico con sus calles adoquinadas y su arquitectura *belle époque*, y la llevó a El Ateneo, un antiguo teatro reconvertido en una magnífica librería.

–Era un teatro en el que se bailaba el tango –explicó él–. Hace años, un empresario reunió los fondos para transformar el local.

Lulu alzó la vista hacia el techo abovedado.

–¡Es impresionante! Parece un joyero para libros –miró a Alejandro–. No sé qué habría sido del local si Khaled no hubiera aparecido. Todavía me estremezco al pensar que podían haberlo demolido. Aunque, entre tú y yo, no me importaría que se transformara en una librería.

–Te quedarías son trabajo.

–No me importaría demasiado –Lulu fue hacia un estante y ojeó un libro sobre vestuario teatral.

A Alejandro le sorprendió la respuesta.

–¿Eso es lo que te interesa? –preguntó, mirando por encima del hombro de Lulu.

Ella sintió.

–Paso todo el tiempo posible con la sastra. Es fascinante –cerró el libro y Alejandro lo devolvió al estante. Lulu lo miró y añadió–. De hecho, voy a empezar un curso sobre diseño de vestuario –tras una breve vacilación, continuó–: Eres la primera persona que lo sabe.

Alejandro supo lo importante que era para ella porque escrutó su rostro como si quisiera asegurarse de que le parecía bien.

–Es fantástico, Lulu.

Ella sonrió con timidez y Alejandro tuvo que reprimir el impulso de besarla. Luego la sonrisa se borró y pasó a preguntarse qué le pasaba por la cabeza.

–¿Cómo vas a compatibilizarlo con el trabajo de bailarina?

Lulu supuso que insinuaba que si estaba embarazada, esa situación no se presentaría. Y aunque Alejandro parecía querer hablar de ello, ella se limitó a sonreír como si no estuviera preocupada.

A Alejandro le costaba imaginarla en un espectáculo de revista. Él había ido al Folies Bergère, y solo recordaba lentejuelas, traseros al aire y senos desnudos balanceándose.

En el momento le había gustado. Pensar en Lulu haciéndolo delante de una audiencia masculina, lo perturbaba.

Tampoco encajaba con la imagen inocente y de mujer celosa de su vida privada que transmitía; la mujer que se había cubierto los senos cuando le quitó el sujetador.

–Bailo seis noches a la semana –explicó entonces Lulu–, así que puedo ir a la universidad durante el día.

–¿Bailas seis noches a la semana? –preguntó Alejandro asombrado.

–Ser bailarina requiere estar en buena forma.

Alejandro recordó lo rápido que había decidido que era una niña consentida y se preguntó qué otros aspectos de su personalidad habría malinterpretado. También fue consciente por primera vez de hasta qué punto estar embarazada afectaría los planes de Lulu.

–Lo siento, querida –dijo.

–¿El qué?

–La situación en la que nos encontramos. Debería haber cuidado mejor de ti.

Le sorprendió que Lulu pareciera ofenderse.

–Yo también estaba ahí, Alejandro. Y no necesito que nadie cuide de mí.

Dio media vuelta y salió a la calle sin tan siquiera fijarse en si Alejandro la seguía.

–Al menos estarás de acuerdo en que compartimos la responsabilidad –dijo algo más tranquila, cuando entraron en un café con buena música y mejor comida.

Alejandro pidió una limonada para Lulu y un café para él.

–Totalmente de acuerdo –mintió. Mientras que él era un hombre experimentado, ella era una novicia.

Pero vio que, al darle la razón, Lulu se relajaba, y dedujo que ser independiente era un tema conflictivo para ella. Y recordar la manera de comportarse de su madre le dio alguna pista.

Él no sabía demasiado de las relaciones entre madres e hijas. Su propia madre había sido un mal modelo como para poder juzgar. Sus hijas le eran indiferentes y él solo le interesaba como proveedor.

Miró a Lulu, que se concentraba en su primer plato, y de pronto imaginó a su madre a una edad parecida, con su carrera como modelo ante sí, para terminar unos años más tarde atrapada en un matrimonio insatisfactorio y proyectando su frustración en sus hijos.

Pero Lulu tenía un tipo de determinación muy distinta, y Alejandro intuía que, en una situación parecida, escaparía y protegería sus hijos.

Lulu seguía hablando de sus sueños y de sus esperanzas; y que fueran tan simples y, sin embargo, tan claramente importantes para ella, despertó en él una profunda ternura.

No había ninguna razón por la que no pudiera conseguir sus objetivos, excepto aquella inseguridad que ocasionalmente se manifestaba en su voz cuando hablaba del futuro como algo inalcanzable.

–¿Qué vamos a hacer esta noche?

La pregunta de Lulu lo sacó de sus reflexiones. Alejandro carraspeó.

–Tengo que trabajar en el rancho, pero vendré a verte cuando pueda.

Lulu esquivó su mirada, y él continuó:

–Te presentaré a gente. No te aburrirás.

Lulu compuso un gesto de amable indiferencia.

–Seguro que no –dijo, removiendo la limonada.

Alejandro se dijo que ese era el mejor plan.

Lulu observó el ajetreo de la gente en la calle como si le resultara apasionante. De pronto separó la silla de la mesa y dijo:

–Tengo que ir al servicio.

Lulu se secó las manos preguntándose qué demonios estaba haciendo. Alejandro no había dicho que no fuera a verla durante aquellas tres semanas. Además, debía de estar tranquila. Así habría menos posibilidades de que fuera testigo de una de sus crisis.

Lo que no entendía era por qué le enviaba todo el tiempo mensajes contradictorios. Como durante las últimas horas, tomándole de la mano, haciéndole sentir como una pareja, escuchando sus planes...

Sacudió la cabeza. A Alejandro no le importaban sus sentimientos, no era consciente de que la confundía al mostrarse tan comprensivo y hacerle sentir como la única mujer en el mundo.

Había hecho bien evitando las relaciones sexuales todos aquellos años.

El sexo lo complicaba todo.

Cuando salió del servicio, el lenguaje corporal de Alejandro acabó con cualquier atisbo de optimismo que pudiera quedarle. Miraba su móvil con gesto aburrido mientras dos camareras se afanaban en limpiar la mesa. Lulu no las culpaba. Incluso en vaqueros y camiseta, con el cabello alborotado, estaba espectacular.

«No soy su novia», se vio diciéndoles. «Pero puede que esté embarazada de su bebé».

De pronto sintió un golpe de amor propio.

Él se lo perdía si no quería pasar tiempo con ella.

Alejandro mandó un correo y al alzar la mirada vio a Lulu acercándose.

Al menos podría sonreírle, pensó. Después de todo, él había cambiado sus planes por ella y se había saltado una reunión.

Lulu se sentó.

–Podemos irnos cuando quieras.

Alejandro se dio cuenta de que no quería moverse. Y súbitamente se le formó un nudo en el estómago al imaginarla sola.

Cabía la posibilidad de que estuviera embarazada y

él planeaba dejarla en un hotel como si fuera un secreto inconfesable que quisiera mantener oculto.

Si lo hacía, actuaría como su padre.

Eso bastó para que se decidiera... o tal vez fue la mano que se aproximó a la suya para tocársela, y con la que él entrelazó los dedos.

–Alejandro –dijo Lulu, tragando saliva –. No quiero alojarme en un hotel.

–Ni yo que lo hagas. Te vienes a casa conmigo –dijo él.

Capítulo 13

LULU miró el móvil e hizo una mueca. Llevaban varios minutos circulando por la carretera de la propiedad que la familia de Alejandro poseía y que tenía el romántico nombre de Luna Plateada en honor al caballo pura sangre que su antepasado escocés había llevado consigo desde ultramar.

–Es mi madre –dijo cuando Alejandro le preguntó si pasaba algo.

–Guárdalo –sugirió él–. Ya hemos llegado.

Lulu alzó la vista y se quedó impresionada al ver la casa, un precioso edifico de estilo colonial. También era una explotación ganadera y de cría de caballos. Lulu tomó aire y bajó la mirada mientras Alejandro la escoltaba al interior.

Detrás de la casa había un lago que se divisaba desde el interior, donde los grandes ventanales favorecían la sensación de fundirse con el exterior. Arcos morunos daban acceso a distintas dependencias desde el vestíbulo principal.

Lulu tuvo una sensación de vértigo que intentó controlar apoyando la espalda contra la pared cuando se detuvo bajo uno de los arcos.

Miembros del servicio pasaron apresuradamente cargando su equipaje.

–¿Cuánta gente vive aquí? –preguntó.

–Ocho miembros del servicio permanente, los gauchos que trabajan en la hacienda y el encargado que vive en una de las casas de invitados.

Alejandro la miraba con el ceño fruncido y Lulu supuso que era porque la veía pegada a la pared. Diciéndose que podría controlar la situación, se impulsó levemente hacia adelante.

–Te voy a enseñar la casa.

–¡No! Es que... estoy cansada. ¿Puedo ir a mi dormitorio?

Lulu odiaba sonar tan descortés, pero le costaba hablar cuando tenía la garganta atenazada.

Alejandro frunció aún más el ceño. En ese momento vibró el teléfono de Lulu.

–¿Otra vez? –preguntó él.

Lulu asintió.

–Mi madre se preocupa mucho por mí –leyó el mensaje.

Alejandro observó que su rostro se ensombrecía. Él sabía bien lo que era recibir una llamada tras otra. Su caótica madre era incapaz de tomar una decisión sin consultarla con él Quizá por eso solo le interesaban las mujeres capaces de cuidar de sí mismas.

Era evidente que Lulu no sabía marcar límites a su madre, pero decidió no entrometerse.

–¿Quieres que lance tu teléfono al lago? –le preguntó cuando alzó la mirada.

Lulu lo miró y recordó la noche en la que había tenido ese mismo impulso. Esbozó una sonrisa temblorosa.

–¿No te parece un poco radical?

–Tu madre es una pesadilla.

Lulu se puso seria.

–No digas eso. No la conoces.

–¿Cuántas veces te ha llamado hoy?

–Tenemos una relación estrecha. Soy su única hija.

–La he visto en acción en el castillo. Te trata como a una niña pequeña.

–Tiene sus motivos.

–¿Tus problemas de salud?

El corazón de Lulu se aceleró.

–Quiero ir a mi cuarto ahora mismo –dijo bruscamente–. Ha sido un día muy largo.

–Lulu...

–¡No! –Lulu elevó la voz–. ¡Déjame!

Le desconcertó que Alejandro la mirara como si lo hubiera abofeteado, cuando lo único que pretendía era... ¿Qué pretendía? ¿No quería cambiar las cosas? «Sí, pero es casi imposible cuando tu cuerpo y tu mente te traicionan a cada minuto», se dijo mientras lo seguía escaleras arriba.

–Este es tu dormitorio –dijo él, abriendo una puerta.

–Cuando decidí cambiar el rumbo de mi vida no conté poder quedarme embarazada –dijo Lulu a bocajarro.

Alejandro se apoyó en el marco de la puerta.

–Tampoco estaba en mis planes.

Lulu estaba segura de ello.

¿De no haberse roto el preservativo, estarían juntos en aquel momento? Hasta aquel suceso, Alejandro no había dado la menor indicación de querer prolongar la relación más allá del fin de semana.

Lulu se mordió el labio. La tentación de sincerarse con él, de hablarle de la angustia diaria con la que convivía, era poderosa. Pero probablemente sería un error.

Estaba convencida de que había interpretado equivocadamente todas las señales. Para Alejandro, el sexo no tenía nada de excepcional; era ella quien, en su inexperiencia, le daba un significado que no tenía.

Que Alejandro la instalara en su casa tenía sentido, pero eso no le daba derecho a compartir con él la carga de sus problemas.

Había sido la casa lo que la había desestabilizado. El vértigo de un espacio desconocido. Pero no podía decírselo. Ni a él ni a nadie.

Nunca se había sentido tan sola.

–Puede que nos estemos preocupando por nada –necesitaba entrar en el dormitorio antes de echarse a llorar–. Estoy muy cansada, Alejandro –dio media vuelta–. Quiero meterme en la cama.

Alejandro se encontró solo, de pie, mirando la puerta cerrada de Lulu.

Había aprendido hacía mucho tiempo que no tenía sentido intentar ayudar a quien no quería ayuda. Lo había intentado con su madre, luego con sus hermanas para que se independizaran de la hacienda, pero solo había conseguido que lo rechazaran.

Por eso ya no se exponía a ser rechazado. Había ofrecido apoyo a Lulu, pero ella no lo quería.

Había visto su rostro transformarse cuando se acercaban a la casa. Cómo había compuesto una fría máscara al entrar, para ocultar su desilusión. Estaba claro que se sentía incómoda y que debía haberla dejado en el hotel. Tenía recuerdos vívidos de lo pronto que su mujer le había dicho que odiaba la hacienda, o de su madre, dejándolos en cuanto podía. Peor aún era cuando su abuelo la obligaba a quedarse y ella se encerraba en su habitación, de la que se negaba a salir.

Sí. La puerta cerrada de Lulu invocó muchos recuerdos. Ninguno bueno.

Dio media vuelta bruscamente. No tenía por qué volver a pasar por algo así.

Lulu se levantó al día siguiente y se aventuró a recorrer las suntuosas dependencias, intentando no fijarse en la inmensa llanura que la rodeaba y que se ondulaba en el horizonte, formando unas bajas y azuladas colinas.

Los espacios amplios la desestabilizaban, pero mientras pudiera establecer una rutina y fijarse algunos puntos de referencia: su dormitorio, Alejandro, la gente que tenía alrededor, todo iría bien.

Pero entonces se enteró de que Alejandro se había ido. Se lo dijo María Sánchez, el ama de llaves, con la que en ese momento estaba en la cocina: no volvería hasta el martes.

¡Dos días más tarde!

–Trabaja demasiado –explicó María–. Es como su abuelo. Si se le pone algo en la cabeza, no hay quien se lo quite.

–¿Ha trabajado mucho tiempo para la familia?

–Más de treinta años –dijo María con orgullo–. Vine cuando el abuelo de Alejandro era el patrón. Es una lástima que no llegara a ver lo bien que ha hecho su trabajo su nieto, sobre todo después de tener un hijo como el que tuvo.

–¿El padre de Alejandro?

María hizo una mueca.

–A Fernández nunca le importaron ni la tierra ni sus trabajadores. Su abuelo tomó a Alejandro bajo su protección y echó a sus padres. Gracias a eso ahora tenemos los mejores pura sangre del país.

Lulu frunció el ceño.

–¿Echó a sus padres?

María estaba claramente encantada de tener público.

–El patrón se dio cuenta de que verlos pelearse estaba destrozando a Alejandro y a sus hermanas, Isabela y Luciana. Fernández estaba casi siempre ausente, pero Marguerita le contaba sus problemas conyugales a cualquiera que quisiera oírlos. La gente sentía lástima de ella por Fernández y sus mujeres, pero era una manipuladora. Una mujer de verdad habría trabajado, pero a ella le gustaba el dinero fácil.

Lulu pensó en su madre, casada con dieciocho años y sin formación con un hombre que solo había mostrado su verdadera personalidad cuando tenían una hija pequeña y un hijo en camino. Pero Felicienne se había vuelto a casar y dirigía un exitoso negocio de importación.

–¿Es su novia?

–¿Dis-disculpe? –balbuceó Lulu.

–Alejandro nunca trae mujeres aquí. Usted es la primera.

–No, no soy su novia. No soy nada especial.

–Debe de serlo –dijo María con solemnidad, al tiempo que iba hacia el horno.

Lulu se adelantó y le abrió la puerta.

–Gracias.

Lulu se quedó en la cocina ayudando a María a preparar la comida. Era más fácil que explicar por qué no quería salir al exterior.

Se dijo que se aventuraría al día siguiente. Necesitaba un periodo de adaptación.

También necesitaba establecer una rutina con las comidas, y María fue muy solícita al respecto.

Tres semanas eran una eternidad. Lulu sabía que no podría esconder sus problemas durante tanto tiempo. Se produciría un incidente y cuando Alejandro lo presenciara, se daría cuenta de que, hubiera o no un bebé de camino, no podía soportarla.

Había un problema con su campeón, Chariot. Alejandro había recibido una llamada diciéndole que todavía cojeaba y quería verlo por él mismo. Esa era la única razón de que no hubiera participado en la recepción que se daba a su equipo en un hotel de Buenos Aires y hubiera vuelto a casa.

Al menos, eso era lo que quería creer.

Antes de entrar, Miguel Sánchez, su capataz, le había informado de que la señorita Lachaille no había querido visitar la hacienda; que ni siquiera la había visto salir de casa en dos días. María le dijo que Lulu estaba bien, pero que prefería comer en su dormitorio.

A su ama de llaves no parecía molestarle, lo que era extraño pues María se quejaba por todo.

Subió las escaleras de dos en dos y se paró ante la puerta de Lulu.

Estuvo tentado de llamar a puñetazos, pero aunque Lulu se estuviera comportando de una manera irritante, debía darle la oportunidad de explicarse.

Llamó suavemente.

–¿Lulu?

Nada.

Llamó con más fuerza.

Silencio.

Abrió la puerta y entró.

Diez minutos más tarde concluyó que Lulu no estaba en la casa.

–Id a mirar en los edificios anexos –ordenó a los hombres que había convocado en el patio.

Él fue hacia el lago, pero le llamó la atención que hubiera luz en el establo de Chariot, donde había prohibido la entrada.

–¿Lulu?

Abrió el portón y se iluminó con una linterna. Reinaba la oscuridad y el silencio, pero tras una esquina, vio luz en el cubículo de Chariot.

Alejandro oyó el murmullo de la voz de Lulu. Aquella dulce voz con un sensual acento francés era inconfundible.

Aproximándose, se dio cuenta de que le hablaba a alguien. Alejandro se detuvo.

–Tienes que quedarte ahí. Si te acercas soy capaz de cualquier cosa.

Alejandro se tensó. ¿Alguien la estaba amenazando?

–Muy bien, sé un buen caballito y déjame pasar. Si no, voy a perder la cabeza y te aseguro que no quieres estar cerca de mí cuando pierdo la cabeza.

Alejandro se acercó y vio a Chariot meciéndose suavemente de lado a lado, y a Lulu pegada a la pared con los ojos desorbitados y blanca. Tenía sangre en la blusa y arañazos bajó la clavícula, y apretaba algo contra el pecho.

–¿Lulu?

Ella lo miró y su rostro reflejó un inmenso alivio, pero siguió pegada a la pared.

–Tranquila, preciosa –dijo él con dulzura–. Quédate donde estás. Voy por ti.

–Gracias –dijo ella con un hilo de voz.

Chariot alzó el hocico hacia el familiar olor de Alejandro.

–Hola, chico. Tranquilo. Me voy a llevar a esta dama conmigo.

En cuanto Alejandro se colocó entre Lulu y Chariot, ella se pegó a su espalda y él fue retrocediendo sin apartar la mirada del caballo, a la vez que salían.

De haber sido cualquier otra persona, Alejandro se habría enfurecido.

Hasta un idiota se daría cuenta de que no debía entrar en el establo de un semental herido. Una de sus pezuñas impactando en el sitio adecuado podría haberla matado.

Pero cuando se volvió hacia Lulu la descubrió acurrucada y con la cabeza agachada.

–No puedo respirar –dijo ella sin resuello.

Alejandro la hizo sentarse, y entonces vio que seguía asiendo algo. Al quitárselo, vio que era un gato recién nacido. Como no supo qué hacer con él, lo guardó en el bolsillo de su chaqueta. Luego volvió a ocuparse de Lulu, que se abrazaba a las piernas. La ayudó a inclinar la cabeza entre las rodillas y le masajeó la espalda a la vez que contaba las respiraciones en alto. Y durante todo ese rato, los pulmones de Lulu emitieron unos silbidos agudos que helaron la sangre de Alejandro.

Cuando su respiración empezó a normalizarse, Lulu alzó la cabeza.

–Oh –exclamó, y acarició la cabeza que asomaba del bolsillo de Alejandro, con unos ojos azules apenas abiertos.

Alejandro empezaba a entender qué hacía Lulu en el establo.

–Creo que sois amigos –bromeó él.

Lulu insistió en ponerse de pie con su ayuda y señaló el establo.

–Están ahí.

Se trataba de una gata y sus cuatro gatitos, acomodados en una pila de heno fresco. Lulu devolvió el quinto a la camada. No debían de tener más que unas horas de vida.

Se quedó mirándolos y Alejandro vio que le había vuelto el color, pero le sorprendió la expresión triunfal con la que se volvió hacia él.

–¡Lo he conseguido! –dijo Lulu.

–¿El qué? ¿Rescatar al gato?

–Superar el miedo –Lulu se mordió el labio–. O casi.

Alejandro entonces aireó su frustración.

–¡Podía haberte matado!

Lulu hizo una mueca.

–Lo sé. He sido una imprudente. Pero al pasar he visto la luz encendida. Quería... acariciar los caballos.

–¿Cómo que querías acariciar los caballos?

Lulu se dejó caer sobre el heno como si le fallaran las piernas y Alejandro recordó que acaba de sufrir un shock.

–He visto a la gata al fondo y he tenido que rescatarla.

–¿Quieres decir que has entrado más de una vez?

–Tres.

Alejandro bajó la mirada a los arañazos que le cruzaban el escote. Se agachó para tomarle las manos y vio que también estaban marcadas.

–¡Dios mío!

–Se curarán –dijo ella retirándolas con impaciencia.

–Escucha... –Alejandro se sentó a su lado y la estrechó contra su pecho. Ella no lo rechazó–. ¿Qué te ha hecho venir aquí tan tarde?

–Porque hasta ahora no estaba lista –dijo ella, titubeante.

–¿Lista para qué?

Alejandro la miró como si hablara una lengua ininteligible. En un minuto la miraría como si fuera de otro planeta.

Lulu tragó saliva. Había llegado el momento de decirle la verdad.

–Tengo un síndrome de ansiedad.

Dicho así sonaba espantoso. Alejandro le prestaba atención con los cinco sentidos, y eso animó a Lulu a continuar:

–Es una forma de agorafobia.

–¿Miedo a los espacios abiertos?

–No. Ese es un error generalizado. Sufro ataques de pánico en cualquier situación sobre la que no tengo control. Si estoy al aire libre y me siento insegura, puedo sufrir uno... Si estoy en el interior y no sé dónde está la puerta de salida, también puede atacarme.

Alejandro le retiró el cabello del rostro.

–Deberías de habérmelo dicho.

–No es fácil contarle a la gente que no eres normal –musitó ella.

–Es una condición médica, Lulu, no algo malo de tu carácter.

Ella bajó la mirada.

–Tú no eres el que se queda sin respiración, el que se desmaya y se humilla en público.

–¿Te suele pasar?

Lulu vaciló.

–En una ocasión. Cuando tenía dieciséis años, en un concierto.

–¿Nunca más?

Lulu negó con la cabeza.

–Pero podría pasarme.

–¿Lo padeces desde pequeña?

–No –eso era lo peor. Pero retrotraerse a ese momento siempre la llevaba a encerrarse en sí misma. Se obligó a seguir–. Cuando era pequeña vivíamos con mi padre. Gritaba todo el tiempo, rompía cosas y hacía daño a mi madre.

–¿Y a ti?

–Físicamente, no –dijo Lulu–. Mi madre nos protegía a mí y a mis hermanos. Pero era como vivir en lo alto de un volcán: no sabías cuándo podía estallar.

–¿Pegaba a tu madre? ¿Le viste hacerlo?

–Solo una vez. Fue entonces cuando nos fuimos. Es lo que pasa con al abuso psicológico, que no deja huella. Es tan sutil que crees que te lo imaginas. Todavía hoy, mamá tiende a culparse a sí misma.

–¿Por eso te protege tanto?

–Siempre intentaba protegernos.

–Pero no fue bastante.

Lulu se lo contó todo. La reticencia a volver a casa después del colegio por temor a lo que podía encontrar.

Las clases de ballet como un refugio. Cómo a veces sacaba a sus hermanos de la cama en mitad de la noche cuando su padre volvía a casa malhumorado. Cómo aprendió a esconderse y a no contar nada en el colegio. Después de todo, vivían en un barrio de clase media, donde no pasaban ese tipo de cosas.

–Luego pasamos a ser pobres –continuó–. Pero era mejor, porque al menos podía contar que mis padres estaban separados y que mi madre trabajaba. Yo tuve que cuidar de los chicos y de la casa.

–Debes de ser una mujer muy habilidosa, Lulu Lachaille.

El cumplido la hizo sentir mejor.

–¿Cuándo llegó el cuento de hadas? –preguntó Alejandro.

–¿Cómo sabes que llegó?

–Tu madre está casada con uno de los asesores en política exterior más prestigiosos de Francia, un abogado constitucionalista –dijo Alejandro–. No hay que ser un lince, Lulu.

Ella rio y él entrelazó sus dedos con los de ella.

–Jean-Luc es encantador. Se conocieron en el trabajo. Mamá estudió Derecho al separarse. Estaba trabajando de becaria en el departamento de Jean-Luc cuando descubrió un error en un contrato que todo el mundo había pasado por alto. Él bajo para agradecérselo personalmente...

–Y se quedó prendado de ella.

–¿Cómo lo sabes? –preguntó Lulu asombrada.

–He visto a tu madre. Es espectacularmente guapa. Sois como dos gotas de agua con veinte años de diferencia.

–Puede ser –dijo Lulu, ruborizándose–. Jean-Luc empezó a llevarla a casa, luego lo conocimos y era tan dulce... Hasta que lo conocí, los hombres mayores me daban miedo. Ha sido un magnífico modelo para mis hermanos, y cuida de mamá como un príncipe.

Alejandro le acarició el cabello.

–Debió de revolucionar vuestras vidas.

Lulu asintió con vehemencia, como si se le acabara de quitar un gran peso de encima, y Alejandro se sintió embargado por una emoción inesperada.

–Con catorce años, tuve mi primer dormitorio; fui a un buen colegio, podía invitar de vacaciones a otras niñas... pero no lo hacía –Lulu se mordió el labio–, porque fue cuando empezaron los ataques de pánico.

–Lo raro sería que no los hubieras sufrido.

Lulu alzó la cabeza, perpleja. Alejandro continuó:

–Tengo buenos amigos en el ejército. Lo que tú describes es un Síndrome Post Traumático, Lulu. Es una reacción natural a un trauma.

–Eso me han dicho –dijo ella, asombrada y aliviada de que Alejandro la entendiera–. La rutina me ayuda. Cuando sé qué esperar, me manejo bien. Por eso me va bien el baile: estoy en un grupo, rodeada de las otras chicas, haciendo lo mismo cada noche.

–¿Cómo consigues subir al escenario?

–No habría pasado la prueba de ingreso de no ser por Gigi. Y una vez se convirtió en una rutina, recurrí a todo tipo de trucos para poder seguir. Sobre el escenario no soy yo –Lulu miró a Alejandro a los ojos–. No se lo digas a nadie, pero a veces pienso que soy Rita Hayworth, y me ayuda.

Alejandro sintió que la ternura que Lulu despertaba en él iba a desbordarse.

–Estoy mejorando –siguió Lulu–. Voy a una terapeuta y estamos trabajando con una terapia de desensibilización. El hecho de estar aquí ya es un gran paso. Cuando Gigi me dijo que se casaba en Escocia, decidí aprovechar la oportunidad para introducir cambios en mi vida. Ahí es donde tú apareces: en el aeropuerto.

Alejandro estaba viendo de una manera radicalmente distinta aquel episodio.

–¿Cómo pudiste hacer el vuelo?

–Organizándome mucho –dijo ella en tono solemne–. Vomité dos veces.

Alejandro se maldijo.

–¿Por eso no cediste tu asiento?

–Pasé tanta vergüenza...

–Y yo fui un grosero contigo.

–No te disculpes. Me trataste como a una persona normal, una mujer adulta responsable de sus actos.

–Porque eres una mujer adulta, Lulu –le quitó una pajita de heno del cabello antes de acariciárselo–. Solo una mujer madura podría volverme loco desde que la conozco.

Alejandro la estaba mirando como si fuera fascinante; alguien especial y maravilloso.

Lulu no podía creerlo. Quería llorar, pero pensó en algo mejor.

–¿Podrías volver a tratarme como a una mujer adulta?

Volvía a sentirse más segura y le gustó dar el primer paso, tal y como había descubierto la noche en el hotel. Le hacía sentirse poderosa. Se arrodilló y mirándolo fijamente, empezó a desabrocharse la blusa.

Alejandro podía haberle recordado que acababa de sufrir un ataque de pánico.

Decirle que debía descansar.

Era lo que le habría dicho su madre. Incluso Gigi. Tratándola como su fuera una inválida.

Pero Alejandro no hizo nada de eso.

Con suavidad, la sentó a horcajadas sobre sí, le rodeó la espalda para soltarle el sujetador, y le dejó llevar las riendas.

Capítulo 14

ALEJANDRO la montó en un caballo al día siguiente.

Hizo ensillar a una pequeña yegua y explicó a Lulu pacientemente lo que le pasaba al animal por la cabeza.

–Está acostumbrada a ser montada y le gustan las mujeres. Os vais a llevar bien.

Lulu le acarició el cuello, y la yegua sacudió la cabeza.

–Le caes bien –dio él, sonriente.

Lulu le acarició el flanco tentativamente.

–¡Es preciosa!

–¿Te animas a montarla?

–Sí, pero sácame una foto porque puede ser que sea la única vez.

Aunque estaba nerviosa, Lulu dejó que Alejandro la ayudara. El corazón le latía aceleradamente y estaba sudorosa. Alejandro le acarició el muslo para calmarla.

–Tranquila, no hará nada que tú no quieras.

–¿Hablas de mí o de la yegua?

Alejandro le dio las riendas sin dejar de sonreír. Pero luego la miró con seriedad y dijo:

–Te juro que no te voy a soltar, amorcito.

Lulu tuvo la sensación de estar en la cubierta de un barco, pero pronto se acompasó al ritmo del caballo.

–Tienes una habilidad innata –dijo Alejandro.

–No creas. Mi cuerpo entiende lo que tiene que hacer; el problema está en mi cabeza.

–Pues repetiremos hasta que tu mente lo asimile.

–¿No tienes nada mejor que hacer?

–Necesitas rutinas, Lulu –dijo él como si no hubiera discusión posible–, así que vamos a establecerlas.

Lulu sintió que la emoción la atenazaba, pero no lloró. Tuvieron que pasar varios días hasta que se sintió lo bastante segura como para permitir que Alejando soltara la cuerda con la que guiaba al caballo. La hizo trotar y sufrió su primera caída, pero se puso en pie de un salto, riendo y recolocándose el casco antes de que Alejandro llegara a su lado.

La yegua la hocicó y Lulu le acarició el cuello.

–No ha sido culpa tuya, pequeña.

–¿No te has roto nada?

Alejandro le pasó las manos por el cuerpo para asegurarse, y Lulu se abrazó a su cuello.

–Nada que no pueda curar un baño.

Alejandro la sujetó por las nalgas.

–Debería supervisar el baño, no vaya a ser que te ahogues.

–Soy muy mala nadadora –dijo Lulu, besándolo.

Varias mañanas y unos cuantos hematomas después, Lulu despertó al oír a Alejandro moverse. Alzó la cabeza de la almohada. Todavía era de noche.

–¿Dónde vas?

Alejandro se sentó en la cama a su lado.

–Tengo que trabajar. Duérmete. Nos vemos en el desayuno.

Lulu miró el despertador. Eran las cuatro de la mañana. Se incorporó y encendió la lámpara. Alejandro ya se había vestido.

–Llévame contigo. Me encantaría ver cómo funciona la explotación y cómo es un día de labor.

Alejandro la miró con curiosidad y preguntó:

–¿Estás segura?

Lo que significaba: ¿sería capaz hacerlo?

Lulu se irguió.

–Si no pruebo, no lo sabré. Pero no quiero ser una molestia.

Alejandro sonrió y la levantó en brazos con la ropa de cama incluida.

–¿Qué haces? –preguntó ella, riendo.

–Llevarte a la ducha, amorcito. Luego te vamos a vestir de gaucho.

Un gaucho precioso, con camisa y pantalones metidos en unas botas altas.

Fue, como todos, un largo día de trabajo. Visitaron la yeguada, llevaron caballos a una subasta a varios kilómetros de distancia; luego repararon vallados. Lulu permaneció al lado de Alejandro o en el coche, y le preguntaba por la tareas habituales.

Allá donde iba, llamaba la atención, porque Alejandro nunca había llevado a una mujer a la hacienda desde su fracasado matrimonio; y Valentina jamás se había interesado en el trabajo de campo.

En la subasta, permaneció detrás de Lulu en la valla, con una mano a cada lado de ella.

No podía culpar a los demás hombres por mirarla. Lulu destacaba allí donde fuera. Su elegancia natural y su feminidad atemporal habían despertado admiración en la boda. En una ajetreada subasta de caballos, entre el polvo y los gauchos, parecía un ser mágico, de ojos resplandecientes y sonrisa radiante.

Nadie habría podido adivinar lo nerviosa que estaba.

Alejandro estaba asombrado de no haberlo notado antes. Pero Lulu era una experta del disimulo.

Sin embargo, confiaba en él lo bastante como para haberle contado su secreto, y eso había incrementado exorbitantemente su instinto de protección hacia ella.

Cuando ella lo miraba sonriente, perdía la concentración; y si reposaba la cabeza en su pecho, lo invadía una profunda ternura.

La rodeó con sus brazos, pensado que si alguien la hacía daño, no sería responsable de sus actos.

–Tengo que ir a Estados Unidos a final de la semana –dijo a Lulu cuando ella le preguntó si siempre trabajaba tanto. Iban en el coche de vuelta a Luna Plateada, al atardecer–, así que tengo que adelantar tarea.

Para el final de la semana ya sabrían si Lulu estaba en estado, un tema del que no habían vuelto a hablar.

–¿Y si estoy embarazada? –preguntó a bocajarro

Alejandro cambió de marcha y, tras unos segundos de silencio, dijo:

–Me casaré contigo.

–¡No puedes decir que te casarás conmigo y luego no querer hablar de ello!

Alejandro dio la vuelta a las chuletas en la barbacoa.

–No quiero casarme a punta de pistola –insistió Lulu.

–Nadie te está apuntando con una pistola, querida.

Lulu se mordisqueó el labio inferior.

–Tal vez...

Alejandro la miró. Estaba acurrucada en uno de los sofás del exterior, con el ceño fruncido. Llevaba un vestido floreado y se había hecho dos coletas que Alejandro encontraba adorables.

–¿Debo temer que tus hermanos vengan por mí?

–¿Georg y Max? No les importaría lo más mínimo –dijo Lulu en tono afectuoso–. Están demasiado ocupados con sus propias vidas.

–Pues debería importarles –dijo Alejandro–. Eres su hermana y su responsabilidad.

A Lulu no le convencía el término «responsabilidad», pero le gustó que Alejandro se molestara.

–¿Es así como tú te sientes respecto a tus hermanas?

Alejandro emitió un gruñido y Lulu, levantándose, fue hacia él.

–No quiero tener un hijo al que no pueda ver a diario. Los niños necesitan un padre y una madre.

Lulu estaba de acuerdo.

–¿Cómo eran los tuyos de pequeño?

–No particularmente buenos. Mi padre era ludópata y se gastó el dinero en la mesa de juego o en mujeres.

–Lo siento. No debió de ser nada agradable ni para ti ni para tus hermanas.

Alejandro se cruzó de brazos; tenía una botella de cerveza en una mano.

–Siempre he dicho que yo sería mejor padre.

–¿Y tu madre?

–No era mucho mejor. Se encerraba en su dormitorio. Siempre estaba enferma o con sus amigas. Apenas la veíamos.

–Por eso proteges tanto a tus hermanas.

Alejandro pareció incómodo.

–Mi abuelo me lo grabó en la cabeza: *Cuida de las niñas*. Y eso he hecho. Pero no interfiero en sus vidas.

A Lulu le sorprendió el comentario. Se aproximó un poco más y preguntó:

–¿Qué quieres decir?

–Que ellas tienen su vida y yo la mía. No estamos en permanente contacto.

–¿Te gustaría verlas más?

Alejandro bebió cerveza con una creciente incomodidad.

–Es complicado. Nuestros encuentros siempre acaban en llanto. Pero si me necesitan saben dónde encontrarme, y eso es suficiente.

–A mí me habría encantado tener un hermano mayor en el que apoyarme –dijo Lulu–. Tus hermanas son muy afortunadas.

–Hago lo que me corresponde –dijo Alejandro.

Y Lulu sintió un escalofrío. ¿Era esa la única razón por la que quería casarse con ella: su sentido de deber?

–¿No quieres a tus hermanas?

–¿Qué clase de pregunta es esa?

–Una bien sencilla. La respuesta es «sí» o «no».

Lulu le sostuvo la mirada, consciente de que ya no hablaban de sus hermanas. Quería oírlo de labios de Alejandro. O al menos saber si había la mínima posibilidad de que llegara a amarla.

Porque ella solo accedería a casarse si era así.

–Claro que las quiero –dijo Alejandro–. Son mis hermanas.

–¿Y por qué dices que acaban llorando?

–Lulu, es complicado.

–Puede ser –dijo ella, mirándolo expectante.

Alejandro hizo un gesto de exasperación.

–Yo heredé la hacienda, las chicas recibieron dotes. Las dos querían intervenir en el rancho, pero a mí no me pareció una buena idea. ¿Satisfecha?

–¿Por qué heredaste tú la hacienda?

–Porque mi abuelo desheredó a mi padre a mi favor.

Lulu se dio cuenta de que había tocado un tema delicado sin pretenderlo. Alejandro estaba enfadado.

–¿Cómo reaccionó tu padre?

–No volvió a hablarme.

–¡Eso es espantoso, Alejandro!

Él se encogió de hombros.

–Tomé las riendas del negocio a los veinte años. Había que pagar las deudas de mi padre y el colegio de las chicas.

–¿Tu madre no podía ayudarte?

–Ella solo quería su parte. Tampoco estaba en condiciones de retomar su carrera como modelo.

–¿No podía haberse formado para hacer alguna otra cosa?

Alejandro la miró fijamente.

–No es como tú, Lulu. A ella o se le hubiera ocurrido intentar mejorar o ayudar a alguien.

–Siento mucho lo que te pasó –Lulu era consciente de que acababa de dedicarle un gran cumplido.

Anhelaba abrazarlo, pero no quería invadir su espacio, y más cuando era evidente que había erigido una muralla en torno a sí mismo. Los hombres acostumbraban a actuar así. Lo había observado en sus hermanos. Esperaría a su abrazo.

–Se nota que asumiste mucha responsabilidad desde muy joven –dijo en cambio.

–Como tú, Lulu.

–Pero yo siempre he podido contar con mi madre.

Alejandro resopló.

–A mi madre le daban lo mismo sus hijos –dijo con voz ronca–. Y jamás ayudó a nadie. Lo único que recuerdo son sus amenazas: amenazaba con dejar a mi padre, con suicidarse... –Alejandro hizo girar los hombros para relajarlos–. Era una pesadilla.

–¿Amenazaba con suicidarse? ¿La creías?

–Era un niño; claro que la creía.

–¿Cómo os podía hacer eso a ti y a las niñas?

–A ellas no, solo a mí –Alejandro apretaba la botella con tanta fuerza que tenía los nudillos blancos–. Por eso mismo quiero proteger a mi hijo.

–¿De mí? –preguntó Lulu en un tono súbitamente frío.

Alejandro dejó la botella.

–No, Lulu, no quería decir eso.

–No importa –dijo ella, retrocediendo–. No creas que no me he planteado si sería capaz de cuidar a un bebé.

–De la misma manera que cuidas de ti misma –dijo Alejandro con firmeza–. Mírate: estás montando a caballo, has volado sola, ahora estás aquí, conmigo.

Lulu intentó concentrarse en eso, pero solo podía verse con un bebé frágil y vulnerable en brazos al que no podía cuidar.

Alejandro posó las manos en sus hombros.

–No estás sola, Lulu.

Ella asintió porque sabía que eso era lo que Alejandro quería, pero sentía el pánico removerse en su interior como una serpiente reptando en la hierba.

Se aferró al tema que tenía más a mano para evitar el ataque que la acechaba.

–¿Qué pasó con tus hermanas?

–Les molestó que yo heredara el rancho. Ellas estaban en el colegio, internas, y no se daban cuenta de que yo estaba aquí, luchando para mantener la propiedad.

–¿Se lo ocultaste?

–Las protegí –matizó Alejandro.

Lulu tragó saliva.

–Las protegiste pero no fuiste sincero. ¿No confías en ellas?

–Yo no diría eso, Lulu –Alejandro deslizó las manos por sus brazos.

–Si tú heredaste el rancho, qué han hecho ellas.

–Tienen todo lo que necesitan –Alejandro frunció el ceño–. ¿Por qué te preocupa tanto?

–Porque claramente te preocupa a ti. ¿Las ves a menudo? –Lulu sabía que estaba siendo indiscreta, pero necesitaba saber qué significaba para Alejandro la familia.

–Las veo de vez en cuando. Todos estamos muy ocupados –Alejandro la miró contrariado–. No tengo ningún problema con mis hermanas, Lulu.

–Puede que no, pero pareces sentirte responsable de

ellas, y me pregunto si es eso mismo lo que te lleva a proponerme matrimonio.

–Lulu, si voy a ser padre, no tengo otra opción.

Lulu se revolvió.

–Ya has estado casado y no funcionó.

–Era un niño y necesitaba estabilidad –Alejandro rio con desdén–. Pero a esa edad es difícil atarse.

–¿No fuiste fiel? –Lulu no quería saberlo.

–Fue ella quien fue infiel.

Lulu lo miró perpleja.

–Pe-pero, ¿por qué?

–Valentine se casó conmigo para huir de un padre autoritario, y luego se dio cuenta de que había cambiado un rancho por otro.

–La rescataste –musitó Lulu. A sus hermanas, a su mujer, a ella.

–No, Lulu. Tenía diecinueve años y estaba cargado de hormonas, y por contraste con mi padre, quise hacer las cosas bien, así que me casé. Pero a mi mujer le gustaba el glamour y yo todavía no era un famoso jugador de polo. Trabajaba como una mula para rescatar la propiedad. Así que ella se acostó con uno de mis compañeros de equipo, que sí era ya conocido.

Lulu no comprendía que alguien prefiriera otro hombre a Alejandro.

–Ya ves, Lulu, el hombre que te pide matrimonio no es ninguna joya.

Ella no supo qué decir y él continuó:

–Pero, ¿por qué iba a irnos mal?

Lulu lo miró y se dio cuenta de que usaba el mismo tono de resignación para todo: su infancia, su matrimonio, un posible futuro con ella.

Algo en su interior se rebeló. Lo que estaba pasando era especial y único, no estaba dispuesta a que la incluyera en el grupo de mujeres que le habían decepcionado.

Ella no le habría fallado.

Y en ese momento, Lulu se dio cuenta de que estaba mucho más implicada en aquella relación de lo que había creído.

Alejandro llevó las chuletas a la mesa, pero Lulu no tenía ganas de sentarse con él.

Quizá él no tenía fobias que disimular, pero tenía sus propios traumas. Sin embargo, había conseguido el éxito en muchos frentes en un tiempo meteórico. ¿Cómo? ¿Dónde liberaba su rabia? Lulu tenía la respuesta ante sí: en el trabajo, dedicándose a él en cuerpo y alma.

Ella se escondía, él trabajaba. Menuda pareja.

¿Una pareja embarazada?

Lulu necesitó sentarse.

–¿Qué pasa?

Alejandro estaba ya a su lado, con cara de preocupación.

–Solo tengo veintitrés años. Tú estás obsesionado con tu trabajo. Lo nuestro podría ser un desastre –dijo ella.

–No debería haberte contado todo eso, Lulu. Solo es el pasado –Alejandro le tomó el rostro entre las manos–. Aquel barco naufragó hace años.

Ella miró a Alejandro a los ojos y vio el desconcierto reflejado en ellos. Durante las últimas semanas, ella había estado exultante porque él había sido testigo de algunos de sus peores momentos, pero no la había abandonado.

Pensó en todo lo que él le acababa de contar. Tampoco ella lo abandonaría.

Lulu bajó las escaleras la tarde siguiente convencida de que presentaba su mejor aspecto con un vestido de seda color frambuesa y unos zapatos de tacón.

Alejandro le había dicho que el partido que se celebraba aquel día era uno de los más importantes del calendario. Estaba segura de que habría muchas mujeres hermosas y fotógrafos de prensa, y Lulu se sentía nerviosa, pero estaba decidida a enfrentarse a todo ello sin montar una escena.

–Viajarás por tu cuenta, Lulu –le dijo Alejandro cuando llegó al pie de la escalera–. Hay un coche esperándote.

–¿Por qué?

–Por la prensa y los paparazzi.

–¡Pero yo no les voy a interesar!

–Confía en mí, Lulu, es mejor que pases desapercibida.

–*Très bien* –dijo ella finalmente, retirando un mechón de cabello de la frente de Alejandro–. ¿Cuándo nos veremos?

–Yo te buscaré. Xavier irá contigo. No te dejará en ningún momento.

–Vale –no estaba segura de si se alegraba de que Alejandro le pusiera un guardaespaldas, pero supuso que era mejor contar con alguien que la ayudara a manejarse.

Las tres últimas semanas habían sido las más felices de su vida. Había acompañado a Alejandro a todas partes, y se había acostumbrado a los espacios abiertos. Ya no temía que aquel inmenso cielo azul colapsara sobre ella. Y si lo hacía, Alejandro la protegería.

Ese pensamiento le hizo sonreír cuando ya se subía al coche.

Cada día montaba a caballo en el corral, y había recorrido la hacienda con Alejandro, que le había presentado a los trabajadores y a los gauchos.

Lulu había percibido que la verdadera pasión de Alejandro no era tanto la propiedad como los caballos.

Había pasado muchas noches acostada a su lado, oyéndole hablar de las distintas razas, de los ciclos de fertilidad de las yeguas... Le encantaba lo apasionado que se mostraba cuando hablaba del tema.

En cambio, el rancho era una posesión que quería preservar para la siguiente generación.

El polo, una manera de liberar estrés.

Cuando ya salían a la carretera, Lulu apretó la mejilla contra el frío cristal de la ventanilla y se enfrentó a la verdad: estaba enamorada de Alejandro, y lo único que importaba era averiguar cómo conseguir que su relación funcionara.

Capítulo 15

MIENTRAS Alejandro hacía los últimos preparativos no podía apartar a Lulu de su mente, e imaginarla en medio de la multitud. Afortunadamente, estaba en las capaces manos de Xavier, que actuaría con prontitud si Lulu lo necesitaba.

Se concentró en el presente, acercándose hacia los caballos, que ya estaban ensillados, a la vez que pensaba que las tres últimas semanas habían sido las mejores de su vida.

Cuando Khaled le había anunciado que se casaba, le había dicho que estaba loco. Pero en aquel momento lo comprendía. Mantener a Lulu cerca le resultaba una idea tentadora, y para ello, estaba dispuesto a ponerle una alianza en el dedo. Lulu sería fiel; siempre podría contar con ella.

Lo malo era que sabía por experiencia que nada era duradero. Era imposible retener a quien quería huir.

La noche que Lulu le había confesado sus problemas, tras el episodio en los establos, él le había preguntado cómo podía actuar en el L'Oiseau Blue, y desde ese momento había usado la información que le había dado.

–Cuando empecé, Gigi me ayudó a conocer el local y lo que tenía que hacer.

Esa era la clave: la rutina era esencial para Lulu.

–Las actuaciones siguen unos pasos precisos. Además, estoy en un grupo, con lo que puedo disimular algunas de mis limitaciones –rio quedamente–. De hecho me han ofrecido muchas veces un número sola, pero aunque significa mucho más dinero, no podría hacerlo. Además...

Había interrumpido la frase como si se avergonzara.

–¿Además?

–Los solos se bailan en topless.

–Creía que siempre bailabas en topless.

–¡Qué va!

Lulu se ofendió. Él recordó que se lo había dicho con anterioridad, pero entonces no sabía que Lulu jamás mentía. Por eso se había enamorado de ella: Lulu cumplía lo que decía.

Alejandro esperó notar el familiar sentimiento de asfixia que solía asaltarlo al imaginarse atado a una mujer.

Pensó en su madre, siempre quejumbrosa; en su padre y su ristra de novias; en su esposa, acusándolo de sentirse atrapada. Y recordó el instante en que fue consciente de haberse casado con una mujer parecida a su madre.

Había jurado no parecerse a su padre. Por eso Lulu estaba con él, porque no pensaba despreocuparse de su hijo. Pero esa no era la única razón. La verdadera razón era que Lulu nunca se comportaría como aquellos que, teóricamente, lo amaban.

Ni mentiría, ni lo abandonaría.

Porque Lulu lo amaba.

No estaría a su lado, acurrucada contra él cada noche, en su cama, si no lo amara.

Y al ser consciente de todo ello, Alejandro sintió que todas las piezas encajaban.

Lulu experimentó su primer momento de angustia cuando vio a las demás esposas y novias fotografiarse con sus parejas antes del partido.

Luego vio que Alejandro era fotografiado con un par de mujeres famosas y cuando le preguntó a Xavier, este intentó distraer su atención señalándole los caballos.

Lulu habría querido ser capaz de pasar por delante de todo el mundo hasta Alejandro y plantarle un beso, pero como no lo era, permaneció en su palco durante el partido con una sonrisa en los labios, mientras interiormente se revolvía.

De pronto la idea de Alejandro de llegar al campo separados adquiría un nuevo sentido: mientras no supiera si estaba o no embarazada, no quería que su relación fuera oficial.

Se dijo que no debía llegar a conclusiones erróneas... pero no encontraba otra explicación. ¿Se avergonzaba de ella? ¿Se debía a que no era más que una chica de coro mientras él era un du Crozier?

Alzó la barbilla con gesto orgulloso. ¿Qué mérito tenía descender de un ladrón de caballos?

Su enfado se fue apagando con el emocionante transcurso del partido. Los jugadores galopaban de un lado a otro; la tierra retumbaba; Lulu contuvo el aliento al ver a Alejandro inclinarse sobre la silla hasta casi tocar el suelo, y aunque sabía que no iba a caerse, se le paró el corazón, y recibió con alivio el final del partido y la entrega de la copa de la victoria, llena de champán.

–¿Qué hacemos ahora? –preguntó a Xavier, que estaba coqueteando con una bonita mujer rubia.

Cuando él empezó a explicarle algo sobre ir a una carpa, Lulu lo interrumpió.

–No te preocupes. ¿Por qué no te quedas aquí un rato? Voy al servicio.

Xavier no protestó, y ella se encaminó hacia la carpa de los patrocinadores del partido.

Descubrió a Alejandro con dos de sus compañeros de equipo, que reían mientras él sujetaba la copa.

Cuando ya levantaba la mano para llamar su atención, una preciosa mujer se volvió hacia ella y dijo:

–Ni lo intentes, querida. Hay una cola para ver a Alejandro y la competencia es implacable.

Lulu fue a contestar, pero la mujer ya se había ido.

–¡Lulu! –Alejandro la vio y se abrió paso para llegar hasta ella.

Lulu se dio cuenta de que, en el transcurso de las últimas semanas, había olvidado quién era Alejandro, su reputación, su vida pública.

Una vida de la que la marginaba a ella.

Lo miró y, por el gesto de preocupación de Alejandro, dedujo que parte de su angustia debía reflejarse en su rostro. Pero entonces él la tomó por la cintura y la alzó. Ella se abrazó a su cuello y él la besó, profunda y apasionadamente.

Cuando sus pies volvieron a tocar el suelo, un leve aplauso sonó a su alrededor.

A Lulu le dio lo mismo. Estaba abrazada a Alejandro, y era suyo.

–Vamos –dijo él–. Acompáñame a las duchas.

Atardecía y la gente lo llamaba, pero aparte de saludar alzando la mano, Alejandro ignoró a todo el mundo mientras iba con Lulu hacia los vestuarios.

Lulu se sentía confusa, pero estaba segura de que algo de lo que había sucedido aquel día marcaba un antes y un después en su relación.

–Alejandro, ¿por qué has querido que viniéramos separados? Una mujer me ha dicho que no tenía la mínima oportunidad contigo.

–¿Qué mujer? –preguntó Alejandro enfadado.

–No lo sé... ¿Tienes muchas fans?

–Sí –Alejandro la abrazó–, pero eso no nos afecta.

–Sí nos afecta si la gente no sabe quién soy.

Alejandro frunció el ceño.

–No volverá a pasar.

–No habría pasado si hubiéramos venido juntos, como cualquier otra pareja –dijo Lulu.

Alejandro la miró fijamente.

–Voy a ser sincero contigo. Temía que sufrieras un ataque de pánico. No quería someterte a tanta ansiedad.

Lulu sacudió la cabeza.

–No me habría pasado nada... Creía que lo comprendías.

–¿Qué comprendía el qué, Lulu?

Alejandro parecía irritado; o quizá solo estaba cansado. El partido había sido duro, todavía no se había duchado, aun le quedaba hablar con la prensa... Y ella estaba reteniéndolo.

–A esto es a lo que te dedicas, ¿no? Viajas por el mundo y juegas a polo seis meses al año –preguntó Lulu.

–Sí.

–¿Y cada vez que juegues vas a esconderme?

Alejandro resopló.

–Una vez se convierta en una rutina para ti, ya no será un problema. Pero hasta entonces, tenemos que tener cuidado.

–¿Por qué? ¿Por si te avergüenzo?

–Porque si estoy preocupado por ti no podría concentrarme en el partido.

–Tienes razón –dijo Lulu con gesto sombrío–. No había pensado en ello.

Alejandro se relajó y le tomó el rostro entre las manos.

–Te pondrás mejor, Lulu.

En ese instante Lulu se dio cuenta de que no podía encajar en el mundo de Alejandro. Él asumía que, con el tiempo, se pondría bien, pero no tenía por qué ser así.

Su terapeuta le había aclarado lo que ella ya intuía: algunas cosas no se curaban, sino que había que aprender a vivir con ellas.

Y como en una nueva revelación, Lulu supo con claridad qué debía hacer.

–Me vuelvo a París esta misma noche.

–Pe-pero ¿por qué? –preguntó Alejandro perplejo.

–De todas formas, tenía que volver el lunes. Empieza la nueva temporada y no puedo faltar.

–No quiero que te vayas –Alejandro sonó más autoritario que suplicante. Suavizó el tono y añadió–: No sé a qué se debe todo esto, pero si es por el estrés que has experimentado hoy...

–¡No! –estalló Lulu furiosa, separándose de él–. No me hables así, Alejandro. No estoy loca. Vine a Buenos Aires porque tenía miedo y pensé que era lo mejor.

Lulu frunció el ceño porque eso no era estrictamente verdad. Había ido porque quería algo con él, y en las dos últimas semanas creía haberlo encontrado. ¿Habría sido una fantasía, una mezcla de su tendencia a aferrarse a las personas que la ayudaban y de su inexperiencia con los hombres lo que le había hecho engañarse?

–Pensé que era lo mejor –continuó–. Pero solo hemos creado una mayor confusión.

–Yo no me siento confuso, Lulu.

–¡Pues yo sí! ¿Tienes idea de lo que representaría para mí un bebé? Significaría anular todos mis planes para llegar a tener una vida propia. Significaría que no puedo mudarme a un piso más económico para poder pagar yo la renta, ni hacer la carrera con la que sueño. Todo aquello por lo que me he esforzado tanto para poder ser independiente, me sería arrebatado.

Las palabras salieron a borbotones de su boca, y Lulu se dio cuenta de que su mayor temor no era poder estar a la altura del reto de ser madre, sino el hecho de que iba a perder todas sus opciones.

Iba a ceder la responsabilidad de su vida a Alejandro. Nada cambiaría.

–Llevo toda la vida perdiendo terreno, centímetro a centímetro. Quiero que mi vida se expanda, Alejandro, no que se reduzca.

Lulu cerró los ojos porque sabía que sonaba egoísta y egocéntrica. Precisamente lo que él había pensado de ella inicialmente.

–Pero estoy segura de una cosa –añadió en un susurro–. Si estoy embarazada, no quiero tomar decisiones movida por el miedo. Una parte de mí querría que sacudieras una varita mágica y que todo saliera bien, que me absolvieras por ser una mala persona y sentirme enfadada y resentida porque una vez más, son otros quienes toman las decisiones por mí.

Fue el «una vez más» lo que enmudeció a Alejandro.

Si Lulu se sentía atrapada, no sería él quien cerrara la puerta de su jaula.

Se sintió invadido por un amargo rencor. Había estado ciego. Una vez más.

Lulu lo miró con tristeza.

–Tú tienes treinta y dos años. Te has casado y divorciado; tienes una carrera profesional exitosa. Puedes hacer lo que te propongas, Alejandro. ¿Qué he hecho yo? Formar parte del coro de bailarinas *Bluebirds.* ¡No puedo tener un hijo! –concluyó con un gemido.

Lulu sintió una mezcla de alivio y dolor, porque marcharse significaba dejar a Alejandro.

Él posó la mano con delicadeza sobre su hombro, pero sus ojos la miraron con una frialdad que paralizó el corazón de Lulu.

–Te llamaré en cuanto sepa los resultados –dijo ella, obligándose a sostenerle la mirada.

–Me gustaría volar contigo a París –contestó él en tono tranquilo.

Lulu se sobresaltó.

–N-no. Puedo volar sola.

Habría querido gritar «¡Déjame ser normal!», aunque no supiera si se lo decía a Alejandro o a sí misma.

–Necesitas que alguien viaje contigo. Al menos déjame organizar eso. Quiero que te sientas segura.

Lulu recibió aquellas palabras como un puñetazo en el pecho.

A pesar de todo lo que había sucedido en las últimas semanas, Alejandro seguía viéndola, igual que todos los demás, como una discapacitada. Y eso le sirvió para confirmar que, por más que le doliera, estaba tomando la decisión correcta.

–Puedo volar sola –dijo con firmeza, aunque le resultaba irritante la actitud razonable que Alejandro había adoptado.

–Lulu...

Ella sabía bien qué decir para pararlo, pero también sabía que cuando aquellas palabras cruzaran sus labios le ensangrentarían la boca como si fueran chuchillas de afeitar.

–¿No lo entiendes, Alejandro? ¡No quiero nada de ti!

Dio media vuelta y caminó apresuradamente. Tenía la seguridad de que, después de oír eso, Alejandro no la seguiría.

Capítulo 16

HABÍAN pasado seis semanas. El verano había dado paso al otoño y las hojas rodaban por las aceras de París mientras Alejandro aparcaba y elevaba la vista hacia el edificio de seis pisos, encajonado entre una lavandería y un restaurante norteafricano.

Entró y subió los cuatro pisos de escaleras.

Al llamar al timbre se dijo que aquel no podía ser el piso que pagaban sus padres.

Lulu estaba viviendo de su salario.

Alejandro se dio cuenta de que conseguir su objetivo no iba a ser tan sencillo como había imaginado.

Si Lulu había puesto sus planes en práctica, estaría menos dispuesta a escucharlo. Pero no pensaba darle opción. Si lo hacía, ella saldría huyendo y se escondería... La imagen de Lulu acurrucada tras el escritorio, le pasó por la mente, pero Alejandro la ahuyentó. Tenía que verla como una mujer fuerte y tratarla como tal.

Oyó un perro ladrar antes de que se abriera la puerta y el pulso de Alejandro se aceleró al ver a Lulu, con unas mayas azules y jersey a rayas, sujetando un perro negro en brazos. Tenía el cabello más largo y sus ojos parecían más grandes... como si hubiera perdido peso.

Estaba preciosa.

–¿Alejandro?

Lulu lo miraba como si hubiera visto un fantasma, y él pensó que lo correcto habría sido llamarla con antelación. Pero no había sido el sentido común lo que lo había impulsado a tomar un vuelo a Paría aquella mañana, sino la intuición de que, si no daba ya el paso, podía perderla para siempre.

–Lulu... –empezó, pero se quedó mudo.

Lulu parecía tan delicada... no tenía nada que ver con la imagen de fortaleza que ella había proyectado por teléfono cuando lo había llamado para anunciarle que no estaba embarazada.

Por un instante se había sentido tan desilusionado que no había sabido qué decir; luego había balbuceado algo en la línea de «buenas noticias», «un alivio para ella» y había concluido diciéndole que quería ir a verla.

–No sé si es una buena idea –había dicho ella con un hilo de voz, tras una pausa que a Alejandro se le hizo eterna.

No la había presionado, porque había aprendido a no hacerlo. Por eso mismo nunca se había esforzado en formar parte de la vida de sus hermanas.

Pero gracias a la conversación que había tenido con Lulu sobre ellas, las había invitado hacía unas semanas para que fueran a verlo a Londres. Habían pasado un gran fin de semana. Y desde entonces estaba redactando un contrato para repartir Luna Plateada a partes iguales.

–¿Qué haces aquí? –preguntó Lulu en ese momento, mirándolo fijamente.

Esa era una buena pregunta. Tenía que haber ido a verla hacía seis semanas, pero había estado de gira con el equipo. Sus compañeros se habían reído de él porque en lugar de salir por las noches, se acostaba temprano y no mostraba el menor interés por las mujeres.

Y en ese momento tenía delante de sí la causa.

–¿Puedes salir a cenar?

Lulu pareció desconcertada.

–Tengo una actuación. No acabo hasta las once.

Al menos no era por otro hombre. Alejandro sintió

aflojarse el nudo que llevaba días notando en el estómago.

–Iré a recogerte.

–No sé, Alejandro... –dijo ella dubitativa.

–¿Tan ocupada estás con tu nueva vida que no puedes tener una cita?

Lulu se humedeció los labios.

–¿Se trata de una cita?

–Claro –dijo Alejandro con firmeza.

–¿Quieres salir conmigo?

–Sin ninguna duda

Lulu vaciló.

–¿Porque estás esta noche en París?

Alejandro sabía que tenía que demostrarle muchas cosas.

No, amorcito. Estoy aquí porque tú estás en París.

La nueva chica australiana, Romy, se había hecho un esguince en el último número y no podía hacer *Pequeño Egipto*.

Anna, la directora del cuerpo de baile, estaba de rodillas, rogando a Lulu que se pusiera los velos e hiciera el número.

–Tus kilos de más son perfectos para la danza de los velos –dijo suplicante.

–¿Los mismos kilos que antes me has dicho que debía perder? –preguntó Lulu con sorna.

Anna se puso en pie y se sacudió las rodillas de polvo.

–Podemos llegar a un acuerdo.

–*Oui* –dijo Lulu airada–. Quiero un contrato por escrito. Y que no vuelvas a mencionar mis kilos.

–Vaya, Lulu ¿qué te ha pasado en Buenos Aires? –preguntó Trixie.

–El ratoncito ruge –dijo Leah, otra bailarina.

Lulu las ignoró. Solo pensaba en que Alejandro había ido a verla.

Cuando le había bajado el periodo, al día siguiente de volver, había llorado amargamente; y hasta aquella tarde, no había sabido por qué.

Inicialmente, al concentrarse en poner en marcha sus planes, no había tenido tiempo para plantearse por qué no estaba aliviada. Sus objetivos seguían ahí, nada había cambiado. Pero luego lo supo: era ella quien había cambiado.

Sus prioridades eran distintas. Ya no sentía la necesidad de ponerse a prueba porque se había dado cuenta de que podía ser una buena madre. Principalmente porque amaría a su bebé. No sería fácil, pero nada lo era. Y si ella tenía que esforzarse un poco más que los demás, también eso la haría más fuerte.

Se podía ver como madre y esposa sin que ello significara renunciar a nada.

Al llamar a Alejandro para darle la noticia, había oído voces femeninas al fondo y él le había dicho que estaba recogiendo un premio. No había sonado particularmente interesado en hablar.

Entonces le había preguntado si podía ir a verla, y ella le había dicho que no.

Había pensado que pretendía ser amable; que no quería dejar cabos sueltos.

Pero si solo era eso, ¿por qué había ido a verla?

Se miró en el espejo. ¿Cómo iba a querer estar con ella cuando siempre la acecharían sus miedos irracionales?

Lulu se reprendió por recaer en una visión negativa de sí misma. El propio Alejandro le había enseñado a prestar atención a ese mecanismo. Y de paso, le había dado una herramienta para hacerlo. Su temor cotidiano a colapsar se había mitigado, y eso le permitía verlo todo con más claridad.

Había contado a sus padres sus planes en cuanto los vio. Como había previsto, su madre se había angustiado, pero Jean-Luc le había dicho que estaba orgulloso de ella y que, si los necesitaba, siempre podría contar con ellos.

Las siguientes semanas habían pasado en una frenética actividad, hasta que había encontrado un piso y había empezado el curso. De hecho, su vida parecía transcurrir en el autobús entre el cabaret y la universidad.

No tenía una vida fácil, pero nada de lo que valía la pena en la vida, lo era. Por eso no le había resultado tan difícil plantarle cara a Anna.

–¿Por qué no os metéis en vuestros asuntos? –dijo de repente Adele.

Que Adele la apoyara no tomó a Lulu totalmente por sorpresa porque había descubierto que, desde que se preocupaba menos de la opinión de los demás, la trataban con más respeto.

–Gracias por ayudar, Lulu –dijo Romy, acercándose a pata coja–. Basta con hacer una figura de ocho, pero asegúrate de que solo te quitas dos velos por vez o no te durarán hasta el final.

Lulu esperaba más instrucciones, pero Romy se quedó callada.

De hecho, se produjo un silencio sepulcral.

Lulu alzó la mirada y la cabeza le dio vueltas.

Alejandro nunca había entrado entre bastidores.

La primera persona que encontró fue un pavo real en topless, que dio un grito y se cubrió los senos

Luego se topó con un tramoyista que le dijo que el público no podía entrar en la zona de camerinos.

–Estoy buscando a Lulu Lachaille –dijo Alejandro, ignorando la advertencia.

–Tendrá que hablar con la jefa, pero...

–Está de luna de miel –cortó Alejandro.

Podía oír música. Empezaba una actuación y él quería ver a Lulu antes de que subiera al escenario. Tenía la absurda intuición de que si no hablaba con ella antes, la perdería. No podía esperar a las once. Ya había esperado seis semanas.

–¡Alejandro du Crozier!

Oyó que lo llamaban. Se volvió y vio a una rubia cubierta de plumas que le sonó vagamente familiar.

–Susie Sayers –se identificó

–¿Dónde está? –preguntó él a bocajarro.

–Sígueme, guapetón.

Alejandro la siguió por un pasillo hasta el camerino. Un par de mujeres desnudas gritaron; y otro par de ellas se pusieron en jarras y lo miraron.

Entonces Alejandro la vio, o creyó verla.

Lulu se estaba maquillando ante un espejo con fuertes focos de luz.

–Alejandro –dijo, dejando la brocha y girándose en el taburete.

Alejandro estaba estupefacto. Llevaba un biquini de brillantes, una gran pluma de avestruz como cola y unos altísimos tacones.

Era una vedette.

Hasta ese momento no lo había asimilado plenamente.

–¿Qué haces aquí?

–He venido a ver el espectáculo.

–Faltan cinco minutos para *Pequeño Egipto* –se oyó por los altavoces.

–Esa soy yo –dijo Lulu. Y se puso de pie sacudiendo su cola y ofreciendo una visión privilegiada de su trasero a Alejandro.

Lulu empezó a colocarse unos velos en la cintura, formando con ellos una falda.

Alejandro se relajó parcialmente. Eso estaba mejor.

–Disfruta del número –dijo ella, Y con una pícara sonrisa totalmente ajena a su personalidad, pasó de largo a su lado.

Alejandro dio media vuelta y se encontró rodeado de mujeres semidesnudas que lo observaban atentamente.

–Señoras... –dijo, y salió del camerino para ver qué hacía Lulu.

Observó desde el lateral del escenario. Contra un escenario que pretendía ser Egipto, Lulu se mecía y cimbreaba sus caderas al ritmo de la sensual música.

Por más increíble que fuera, nunca había llegado a pensar en Lulu como bailarina, pero su talento era indudable. No podía apartar los ojos de ella.

Lo malo era que probablemente les pasaba lo mismo a todos los demás hombres del público.

A medida que los velos fueron cayendo al suelo, se incrementó su incomodidad, hasta que Lulu se quedó prácticamente desnuda tras una pantalla semitransparente. Pero desde donde estaba, Alejandro pudo ver que llevaba un biquini de color carne.

Y cuando miró hacia el público, vio que la mitad eran mujeres.

Lulu se envolvió en una bata carmesí y se oyó una ovación. Alejandro se unió a los aplausos, y en ese momento se dio cuenta de que acababa de presenciar algo extraordinario.

Lulu había hecho un solo.

La mujer con la que entró en un restaurante de lujo, era una muy distinta aunque igualmente hermosa. Llevaba un vestido de seda rosa, con un escote modesto y tirantes.

Cuando se sentaron, Alejandro pensó que así era como debía de haber comenzado su relación. Le preguntó por su curso, por cómo estaba compaginando estudios y trabajo, por su nuevo piso. Pronto Lulu se relajó y empezó a hablar con un entusiasmo que Alejandro nunca había percibido en ella.

La había echado terriblemente de menos. Sin embargo, era evidente que la mujer que tenía ante sí había necesitado aquel tiempo para sí misma.

–¿No has salido con nadie? –preguntó, intentando sonar indiferente.

–He quedado a comer con un compañero de clase. Es agradable.

–¿Agradable? –Alejandro tomó aire–. ¿Y qué soy yo?

–Tú eres tú –dijo Lulu–. Y no me has dicho qué te ha parecido el espectáculo.

–Has actuado sola –dijo él con admiración.

–Porque me he visto forzada; pero sí, lo he hecho –Lulu se humedeció los labios–. No ha cambiado nada más, Alejandro. Todavía hay días que me cuesta salir de casa. Para mis estándares, estoy bien; pero sigue siendo una estándar muy por debajo del tuyo.

–¿En qué sentido? –preguntó Alejandro.

–Tú te mueves en el escenario del mundo. Yo... Yo sigo en el escenario del L'Oiseau Bleu, intentando no vomitar cada noche.

Alejandro hizo girar la copa de champán sobre la mesa.

–Eras tú quién pensaba que nuestra relación solo era posible si mejorabas –dijo, intentando buscar las palabras precisas.

–¿Qué quieres decir?

–Que creo que para ti es una excusa. Si no estuvieras «enferma» como tú dices, ¿qué excusa tendrías para no estar conmigo?

–Yo no busco excusas –dijo ella incómoda.

–Tienes un tipo de agorafobia, pero puedes subir al escenario cada noche con las demás *Bluebirds*, y lo haces porque es importante para ti. Sin embargo, te niegas a tener una relación conmigo porque estoy en el «escenario del mundo». Desde mi punto de vista, los dos son escenarios, pero tú eliges en cuál quieres estar.

Lulu respiraba agitadamente.

–Eres tú quien no me acepta como soy –dijo.

Alejandro la miró fijamente. Lulu quería que la contradijera, que dijera que haría cualquier cosa por estar con ella. Pero súbitamente se enfadó con él.

¿Por qué no la dejaba en paz en lugar de sacarla a cenar para provocarla?

–¿Puedo decirte algo que no te va a gustar?

–No –dijo Lulu en tensión.

–Creo que el pasado has utilizado tus fobias para mantener a los hombres a distancia. Pienso que no has llegado a asimilar lo aterrador que era vivir con tu padre.

Lulu fue a protestar, pero...

–No quieres volver a encontrarte en esa situación; por eso, una parte de ti sigue siendo la niña que se esconde.

Lulu se quedó paralizada. Alejandro esperó unos segundos a añadir:

–Lo que me gustaría saber es ¿por qué yo?

Lulu respiró profundamente y la respuesta acudió a su mente antes de que fuera consciente de haberla encontrado: «Porque en cuanto te vi, las piernas me flaquearon. Y eso no me había pasado jamás con un hombre».

Pero esa no era la única razón.

–Fuiste tan desagradable conmigo que me obligaste a enfrentarme a ti –dijo en un susurro.

–Y nunca te enfrentabas a tu padre, ¿verdad? Siempre huías... Tal y como te enseñó a hacer tu madre.

Lulu asintió con la cabeza porque temía echarse a llorar.

–Eso es lo que pasa, Lulu: no es el miedo lo que te retiene, sino la rabia.

Las emociones que se habían ido acumulando en Lulu desde que Alejandro había aparecido en su puerta aquella mañana, se desbordaron. En una nebulosa, se vio separándose de la mesa con un chirrido de la silla.

No supo si Alejandro la llamaba, porque salió corriendo. Oyó un murmullo a su alrededor y supo que la miraban, pero solo pensaba en huir.

–Lo siento, lo siento –musitó, agachando la cabeza y continuando hacia la puerta.

Entonces se encontró en el exterior y siguió corriendo por la calle adoquinada, con el corazón desbocado.

–¡Lulu!

Alejandro le dio alcance y, tirando de ella, la atrapó en sus brazos.

Lulu tuvo el impulso de gritarle que sus fobias no tenían nada que ver con ella, que eran algo externo sobre lo que no tenía ningún control.

Su padre.

Alzó la mirada hacia el hermoso rostro de Alejandro y supo que tenía razón. Nunca se había enfrentado a su padre.

–¡Nunca me quiso! –gritó, golpeando el pecho de Alejandro–. Estaba tan lleno de rabia que era incapaz de querer a nadie. ¿Cómo te atreves a decir que yo soy así? –gimió, retrocediendo–. No soy así, ¿verdad que no?

Y tuvo ante sí la verdad, su mayor temor: no era digna de ser amada. Había algo intrínsecamente malo en ella.

La niña con el padre loco.

–No –dijo Alejandro con voz ronca, ofreciéndole su

cuerpo como refugio–. Tú no estás dominada por la rabia, Lulu, tú estás enfadada, que es muy distinto.

La rodeó con los brazos y ella no lo rechazó.

–Tienes derecho a estar enfadad, amorcito –le susurró con los labios pegados a su sien.

Lulu se asió a él, buscando el mayor contacto posible. Y una voz interior se preguntó dónde estaba la Lulu que se avergonzaba de hacer cualquier cosa en público. Nadie de su familia la reconocería en ese momento. Nadie. Solo Alejandro.

Él la había ido liberando, quitándole cada atadura hasta deshacer el último nudo.

–De hecho, es lógico que estés enfadada –insistió él.

Lulu supo entonces que ya no tenía que ocultar sus sentimientos.

–A mí no me permitían enfadarme con mi madre –le susurró Alejandro al oído–. Por eso sé cómo te sientes. Y por eso mismo casi te pierdo. Aquel día, cuando me dijiste que no querías volver a verme, reaccioné movido por mi antigua rabia, Lulu. Y si no llegamos a ir al castillo, o me hubiera marchado sin...

–Pero no lo hiciste –Lulu le tomó el rostro entre las manos–. Te quedaste a mi lado; me obligaste a enfrentarme a ti; a enfrentarme a mis miedos.

–Ya no tienes nada que temer, pequeña Lulu –dijo él con una infinita ternura.

Y cuando se acurrucó a su lado en el taxi, Lulu empezó a creer que Alejandro tenía razón.

Fueron al piso de Lulu, pero solo para recoger a Coco.

El personal del Ritz no parpadeó al verla entrar con el perro en brazos. Estaban en París, donde los animales domésticos eran considerados un miembro más de la familia; además, Alejandro du Crozier era un huésped rico y famoso, y podía hacer lo que quisiera.

En la habitación, yaciendo en brazos de Alejandro, Lulu lo miró con sus enormes ojos marrones llenos de esperanza y obstinación, de ternura y expectación. Y Alejandro se vio a sí mismo reflejado en ellos, y supo que lo suyo había sido amor a primera vista.

Había recorrido el pasillo de aquel vuelo a Edimburgo y Lulu no había tenido más que alzar aquellos ojos hacia él.

–Te amo –dijo ella–. Lo sabes.

Lo sabía. Alejandro tragó saliva porque tenía la sensación de llevar toda la vida esperando oír aquellas palabras de labios de aquella mujer.

–Quiero una alianza –dijo ella en tono solemne–. Si no, no iré a vivir contigo.

–Por supuesto –dijo él. Y cuando la estrechó contra sí, lo invadió una maravillosa paz.

Ninguno de los se sentía atrapado. Solo atrapaba la ausencia de amor.

Se amaban tanto como para vencer cualquier obstáculo que les impidiera estar juntos.

–Y otra cosa, Alejandro... –dijo Lulu, acurrucándose contra él.

–¿Sí, mi amor?

–Quiero una boda de cuento. Puede que necesitemos un castillo...

Deseo

¿Cómo iba a luchar contra un hombre con tanto dinero, con tanto poder y con un encanto al que no era capaz de resistirse?

PASIÓN JUNTO AL MAR

ANDREA LAURENCE

Un error cometido en una clínica de fertilidad convirtió a Luca Moretti en padre de una niña junto a una mujer a la que ni siquiera conocía. Y, una vez que lo supo, Luca no estaba dispuesto a apartarse de su hija bajo ningún concepto, pero solo contaba con treinta días para convencer a la madre, Claire Douglas, de que hiciera lo que él quería.

Claire todavía estaba intentando superar la muerte de su marido cuando descubrió que el padre de su hija era un desconocido. Un rico soltero que no pensaba detenerse ante nada para conseguir la custodia de la niña.

¡YA EN TU PUNTO DE VENTA!